O VILAREJO

O VILAREJO

POR Raphael Montes

Ilustrações
MARCELO DAMM

Copyright © 2015 Raphael Montes

Grafia atualizada segundo o Acordo Ortográfico da Língua Portuguesa de 1990, que entrou em vigor no Brasil em 2009.

Edição
Liciane Corrêa

Projeto gráfico de capa e miolo
Rafael Nobre | Babilonia Cultural Editorial

Revisão
Eduardo Carneiro
Juliana Souza

CIP-Brasil. Catalogação na fonte
Sindicato Nacional dos Editores de Livros, RJ

m787v

    Montes, Raphael
      O vilarejo / Raphael Montes; ilustrações de Marcelo
    Damm. – 1ª ed. – Rio de Janeiro: Objetiva, 2015.

    ISBN 978-85-8105-304-2

    1. Ficção brasileira. I. Damm, Marcelo. II. Título.

	CDD: 869.09
15-23120	CDU: 821.134.3(81).09

18ª reimpressão

Todos os direitos desta edição reservados à
EDITORA SCHWARCZ S.A.
Praça Floriano, 19, sala 3001 – Cinelândia
20031-050 – Rio de Janeiro – RJ
Telefone: (21) 3993-7510
www.companhiadasletras.com.br
www.blogdacompanhia.com.br
facebook.com/editorasuma
instagram.com/editorasuma
twitter.com/Suma_BR

Para meus pais, Paulo e Adriana.

O CARÁTER DO HOMEM
É O SEU DEMÔNIO.

HERÁCLITO

PREFÁCIO

Os cadernos ilustrados de Elfrida Pimminstoffer chegaram a mim de maneira inusitada. No início de 2014, recebi uma ligação do Maurício Gouveia, sócio do sebo Baratos da Ribeiro, em Copacabana, no Rio de Janeiro. Maurício me explicou que havia adquirido uma coleção de mais de sete mil livros de uma senhora chamada Elfrida Pimminstoffer, falecida meses antes, aos cento e dois anos. Entre obras clássicas, enciclopédias e livros de banca, ele havia encontrado três cadernos muito finos, de capa de couro, com texto escrito à mão, em língua estrangeira, e ilustrações. Contactara, então, Ana, a bisneta de Elfrida, que lhe vendera os livros. Ana não queria os cadernos de volta e até ameaçou queimá-los caso Maurício insistisse na devolução. Sem saber o que fazer com os cadernos, Maurício me telefonou para perguntar se eu tinha interesse em analisar o material. Aceitei.

Os manuscritos de Elfrida Pimminstoffer vinham numa tinta velha e desbotada, com uma caligrafia feminina hesitante, falha, que ganhava firmeza ao longo das páginas. As folhas estavam malconservadas e o texto havia sido escrito em uma língua estrangeira que, a princípio, me pareceu russo ou polonês. Minha curiosidade foi aguçada pela perturbação: entre os textos, as ilustrações retratavam episódios de horror e violência extrema, traçadas e coloridas com giz de cera.

Analisando as páginas, deduzi que se tratava de uma narrativa dividida em sete capítulos. Na parte interior da capa de cada um dos três cadernos, encontrei um nome — "Peter Binsfeld" — escrito na mesma caligrafia. Com ajuda da internet, descobri que Binsfeld era um padre, teólogo e demonologista que viveu em Trier, na Alemanha, no século XVI. O legado mais famoso do padre Binsfeld é a classificação dos demônios, escrita em 1589. De acordo com seu trabalho, cada um dos demônios, os Sete Reis do Inferno, era responsável por invocar um pecado capital nos seres humanos: Asmodeus (luxúria), Belzebu (gula), Mammon (ganância), Belphegor (preguiça), Satan (ira), Leviathan (inveja) e Lúcifer (soberba).

Em meio a dicionários, atlas históricos e sites variados, percebi que não se tratava de russo, tampouco polonês ou ucraniano. Os cadernos haviam sido escritos em cimério, uma língua morta pertencente ao ramo botno-úgrico. Encontrei um único estudioso de cimério no mundo: o professor Uzzi-Tuzii, chefe do departamento de línguas botno-úgricas da Università Degli Studi di Udine, na Itália.

Telefonei ao professor, propus um encontro e conciliamos as agendas para dali a cinco meses. Quando apresentei os cadernos, o professor Uzzi-Tuzii se assustou. Recusou com gentileza o convite que fiz para que traduzisse os textos e, sem maiores explicações, recomendou que eu os descartasse. Diante de minha insistência, o professor Uzzi-Tuzii acabou me oferecendo um dicionário cimério-italiano, além de algumas orientações idiomáticas sobre o cimério.

Decidi eu mesmo traduzir os textos. A complexa sintaxe do idioma e sua irregular conjugação verbal dificultaram muito o trabalho. A prosa ciméria é cheia de retraimentos, subtrações, efeitos, com usos e conotações flutuantes. Após meses de dedicação exclusiva, fiquei extasiado com a maldade, o terror e a frieza estilística da história que agora chega ao leitor brasileiro: a primeira narrativa completa escrita em cimério.

Como tradutor, tomei a liberdade de ordenar as histórias como me pareceu ideal. De todo modo, é bom que se diga que elas podem ser lidas em qualquer ordem, sem prejuízo da compreensão, pois se relacionam de maneira difusa, mas com personagens e fatos em comum, todos situados no mesmo vilarejo.

Busquei ainda uma possível ascendência de nomes e a localização geográfica precisa dos eventos aqui narrados. Não encontrei nada. O vilarejo, se existiu em algum momento, sumiu do mapa. Os cimérios desapareceram como se a terra os tivesse engolido.

Raphael Montes, o tradutor

BELZEBU

BANQUETE PARA ANATOLE

Felika manda que as crianças comam depressa, antes que alguém nos arredores sinta o cheiro da comida. Depois de tanto tempo sem alimento, a família vizinha pode estar com o olfato aguçado e perceber que, ao contrário de todos, eles ainda têm o que comer. As casas no vilarejo são perigosamente próximas.

Ela se julga esperta. Enterrou entre a neve e a terra todo o alimento, de modo que nada foi apreendido quando os guardas passaram semanas atrás fazendo a coleta. Escolheu com cuidado o local do esconderijo — um espaço de meio metro quadrado atrás da fossa do terreno — e administra a guarnição restante para que não morram de fome até Anatole voltar. Vez ou outra afasta a cortina da janela, na esperança de ver o marido se aproximando da casa, com um ou dois coelhos na maleta para alimentar os três filhos que ficaram para trás.

— Vou buscar comida. Se permanecermos aqui, vamos morrer de fome ou de frio como os outros — disse Anatole, enquanto se vestia para enfrentar a neve. Partiria a pé, pela floresta. — Eu volto.

Tantos dias passados e o marido ainda não voltou. Ela não acredita que ele tenha fugido e abandonado a família. Tampouco que tenha morrido. Anatole é um homem forte, corajoso. Aparecerá a qualquer momento. Cabe a ela mantê-los vivos enquanto isso. As crianças comem de dois em dois dias. Felika, acostumada ao protesto da barriga, de quatro em quatro. Por seus cálculos, os mantimentos do esconderijo duram mais cinco semanas.

O velho estava certo. O vilarejo vem sendo dizimado dia após dia. O luto sentou-se à mesa. Ninguém chora os mortos. Não podem desperdiçar energia lamentando a partida dos que não suportaram o frio e a fome. Há duas semanas, Irina, a vizinha da direita, gritou durante toda a madrugada a morte de seu bebê. No dia seguinte, estava morta. Foi burra. Felika não é burra e não se permite sentir pena de ninguém.

No passado, a vizinhança era diferente. Os moradores jantavam juntos, riam, contavam histórias entre os goles de vodca. Agora não mais. Se souberem que Felika esconde restos de raízes e brotos, além de uns ossos de rato para dar sabor de carne ao caldo, tomam tudo de sua família. Vão exigir dividir entre todos, como se ela fosse responsável pela vida deles.

— Comam, comam logo — sussurra mais uma vez para os filhos.

As crianças não querem comer. O caldo está ralo, com um tom avermelhado. Felika prefere não brigar. Se brigar, elas vão chorar e perder energia. Melhor deixar que comam quando tiverem vontade.

Felika bebe o caldo em goladas e esconde a cumbuca atrás da lareira. Acostumada ao silêncio, assusta-se ao ouvir passadas na neve. Com as forças que lhe restam, corre para a janela, abre uma fresta na cortina. Busca a silhueta de alguém na brancura. Não há nada. Pensa que está tendo alucinações. Os passos se repetem e, por um segundo, ela pressente que Anatole finalmente voltou. Enche-se de alegria.

Sabe, entretanto, que não pode ser descuidada: os saques às casas do vilarejo têm sido frequentes. Na mesa da cozinha, pega a faca usada para fatiar a carne. Aproxima-se da porta, ouvidos aguçados, e espera que cheguem mais perto.

— Todos para a cama agora. Vamos deitar — diz para as crianças, sem impor a voz.

Um sol tímido desponta no céu, mas ela não pode deixar que as crianças brinquem lá fora. Os vizinhos irão vê-las bem-dispostas e começarão a se perguntar o que Felika faz para mantê-las vivas por tanto tempo. Exaustas, as crianças não discutem com a mãe: continuam à mesa, as mãozinhas nos talheres imundos.

A batida na porta vem seca e breve. Felika abre novamente a cortina. Reconhece o perfil ressequido da sra. Helga: usa um vestido pesado de cores escuras, uma manta grossa envolta no pescoço esquelético e traz na mão direita uma pesada sacola de pano. A mão esquerda se esconde no bolso do vestido.

Felika não vê a sra. Helga há mais de onze meses. Pensava que a velha já tinha morrido. Não podia supor que uma cega fosse sobreviver naquele frio glacial por tanto tempo.

— Que é? — murmura, sem girar o ferrolho.

— Preciso falar com você, criança — diz a sra. Helga, a voz rouca.

Felika não responde. Melhor esperar que a velha vá embora.

— Preciso falar com você — repete. — Coisas estranhas estão acontecendo.

A fome desproveu Felika de qualquer curiosidade sobre a vida alheia. Há tempos não conversa com ninguém do vilarejo e pretende continuar assim até que Anatole volte.

— Não vou abrir a porta — diz.

— Eu não estou com os guardas. As coletas cessaram há mais de três luas. Não precisa ter medo, criança.

O murmúrio da sra. Helga é doce e sedutor. Tão gostoso escutar uma voz diferente...

— Não acredito em você, velha — diz Felika. — Vá embora.

— As estradas estão todas bloqueadas pela neve. É impossível entrar ou sair do vilarejo sem ser morto pelo frio. Por favor, preciso que me ajude. Coisas estranhas estão acontecendo.

É a segunda vez que a sra. Helga diz aquilo. O que ela pretende?

Como se Felika tivesse lhe feito alguma pergunta, a mulher continua:

— Astor está morto. Alguém o matou.

Astor é o cão-guia da sra. Helga, sua única companhia desde que o coronel Dimitri morreu na guerra. Anos atrás, era Astor quem anunciava o amanhecer ao vilarejo com seu latido de husky. Nos últimos tempos, Astor havia se calado, mas Felika não estranhou. Supôs que o cachorro tivesse morrido com a dona.

— Alguém matou Astor — repete a sra. Helga. — Veja, criança.

Pela janela, encara Felika com os olhos vazios, um negrume aterrador no lugar onde deveriam estar os glóbulos oculares. Abre a sacola de pano. Estica o braço, revelando o crânio do cachorro, fiapos de pelo presos em pontos de sangue coagulado. Moscas-da-neve brincam no esqueleto do cão.

— Tiraram toda a carne dele. Só sobrou isto — diz. Uma lágrima escorre pelo rosto ossudo.

A cena enoja Felika. Ela fecha um pouco a cortina para que as crianças não vejam o que se passa.

— Preciso saber quem matou meu Astor — diz a sra. Helga.

— Não sei, velha. Eu não fiz nada.

Felika não tem interesse neste assunto.

— Mas, criança, quem pode ter feito isto?

— Já lhe disse que não sei. Nem lembro quando saí de casa pela última vez. Tente com Ivan, o ferreiro. Ele sempre sabe de tudo.

— Já bati na porta dele. Nem atendeu. Tentei em outras casas. Jekaterina, Latasha, as irmãs Vália e Vonda. Ninguém responde. Nem mesmo Krieger, o aleijado, que nunca sai de casa... O vilarejo está vazio, Felika. Todos foram embora.

— Não vou abrir a porta.

— Por favor, criança. Tenho me sentido tão sozinha... Me deixe entrar.

Felika olha de novo para o braço esquerdo da sra. Helga e se arrepia. Sem dúvida, a velha cega esconde algo. Um revólver ou até mesmo uma faca. Não seria estúpida de expor sua família com tanta facilidade.

— Não vou abrir.

— Precisava conversar com alguém...

— Já conversamos. Agora vá e trate de se manter viva.

A sra. Helga exibe um sorriso triste, com as gengivas escurecidas, sem dentes.

— Nós vamos todos morrer, Felika. Cedo ou tarde, a fome ou o frio vai nos matar — diz. — Brigd partiu há uma semana. Morreu dormindo. Os ossos congelados.

A sra. Brigd é irmã da sra. Helga e mora na casa ao lado. Felika pensa que deveria expressar suas condolências, mas não quer fazer muito esforço.

— Então, vá embora antes que morra também, velha. Quando Anatole voltar, faço uma visita.

Felika fecha a cortina. Escuta a sra. Helga se afastar até que o silêncio sepulcral engole o vilarejo outra vez. Volta-se para os filhos, que, ainda sentados, parecem ter prestado atenção a toda a conversa. O caçula Rurik está nitidamente assustado, os olhinhos verdes girando perdidos sobre o prato. Para acalmá-los, Felika decide contar-lhes uma história, a jornada de um guerreiro que luta contra monstros para defender a família. Tenta imaginar detalhes pitorescos que preencham a aventura, mas uma dor de cabeça mórbida a impede de realizar longos mergulhos criativos.

Entre fadas e dragões, Felika ouve nova batida à porta. Não pode acreditar que a impertinente sra. Helga voltou. Caminha devagar, hesita. Ao puxar as cortinas, mal se contém: Anatole! Gargalha, louca de felicidade. Abre a porta em um rompante e lhe entrega um beijo no rosto. Anatole também sorri. Mostra a maleta que traz consigo e Felika vê os coelhos e ratos que o marido caçou. Não passarão fome!

— Você está ótima, querida! — diz o marido, enquanto aperta suas bochechas. Espanta-se que a esposa esteja tão sadia e corada.

— Tenho dado meu jeito — gaba-se Felika.

— Parece até um tanto mais... gorda!

— Ora, não seja bobo, Anatole!

— Onde estão as crianças?

— Na mesa, jantando. Vamos comemorar! — exalta-se. Estala outro beijo na bochecha do marido. Caminham de braços dados.

Ao olhar para a sala, Anatole tropeça. Sente o corpo tontear e precisa se apoiar na poltrona para não cair no chão. Vomita a pouca comida que guarda no estômago. Olha para o rosto da mulher, mas ela continua a sorrir.

Espalhados pelo pequeno cômodo, Anatole reconhece os corpos de vários moradores do vilarejo. No sofá, sem a cabeça, está Krieger, o aleijado. Ao lado, Ivan, o ferreiro, tem uma faca rústica cravada no peito. Mais perto da lareira, as pernas e as cabeças de Vália e de Latasha, enfiadas em espetos compridos, esperam o momento de serem assadas.

Anatole corre para a cozinha. Os corpos dos três filhos jazem desmembrados na mesa. Um véu rubro escorre pelos pratos e pelas cadeiras. Nacos de braços e pernas infantis saem da travessa fumegante pousada na toalha de mesa com motivos florais. Num prato ao centro, partes do pequeno Rurik mergulham num caldo avermelhado.

— O que você fez?

Felika acaricia a cabeça da jovem Maisha, espetada por um garfo de quatro dentes.

— Viram, crianças? O papai trouxe comida. Não vamos mais passar fome — diz. Rói um dedinho tostado que restou em seu prato. — Ora, querido, venha dar um beijo nos seus filhos. Hoje é um dia especial... Vou preparar um banquete para o jantar!

LEVIATHAN

AS IRMÃS VÁLIA, VELMA E VONDA

As gêmeas Vonda e Velma devoram com sofreguidão o pernil assado. Não têm fome, mas há pressa em terminar a refeição para brincar no descampado a oeste da estação ferroviária. Ao deixarem a mesa, a mãe ordena que lavem na pia as mãos sujas e vistam mais um casaco de pele antes de sair. Nesta época, o frio no vilarejo beira os quinze graus negativos.

Vália, a irmã mais velha, ajuda as duas a escolherem os casacos no guarda-roupa e, quando ouve a batida na porta, corre ao banheiro para se perfumar. Com uma gêmea em cada mão, desce esbaforida até a entrada para receber o namorado.

Krieger é um jovem de futuro promissor, conhecido no vilarejo pela habilidade como ferreiro. É educado e respeitador, além de bonito, claro. Vália considera a beleza fundamental para que um homem a atraia. Concorda que inteligência, simpatia e boa família também são importantes, mas, francamente, quem se apaixona por um sujeito sardento, caolho ou gordo? De todo modo, Krieger não perde pontos na aparência: barbeia o rosto aquilino todas as manhãs, veste roupas bem ajustadas e seus olhos azulados transbordam alegria ao encontrar a namorada.

Vália solta as mãos das irmãs e abraça Krieger. Vonda e Velma sorriem, esperando com agitação que o namorico cesse e que possam ir logo ao descampado. Jekaterina já deve estar esperando.

— Vália, preste atenção nas suas irmãs. Cuidado com a linha do trem! E não voltem tarde! — grita a mãe da cozinha, onde lava a louça gordurenta do almoço.

Vália tem dezessete anos recém-completos e se sente plenamente responsável pelo bem-estar das gêmeas. Desde que o pai morreu na guerra, tenta preencher o vazio dessa ausência com todos os mimos e cuidados às meninas. Sabe que a mãe ainda não se recuperou da perda violenta do marido — às vezes a flagra chorando sobre o uniforme perfurado, a arma de guerra e o quepe, que são as únicas recordações do amor que se frutificou em três filhas.

Por isso, todos os domingos, leva as irmãs ao descampado para brincar com a colega Jekaterina. As três se sentam em roda, com cadernos em mãos, e se divertem inventando histórias sobre os moradores do vilarejo. Coisas de meninas de treze anos. Narram com detalhes a vida pacata das pessoas dali, capítulo a capítulo. Normalmente, Velma se encarrega do início porque é boa com começos. Vonda emenda logo depois — normalmente coloca algum morador como general, pois adora histórias de guerra — e, então, Jekaterina trata de dar um fim para, em seguida, passar a vez à Velma, que logo traz outra história em mente. A jovem Velma já alimenta planos de ser escritora quando crescer.

Vália assiste a tudo de certa distância, enquanto troca carícias com o namorado. Diverte-se ao captar trechos da conversa das meninas sobre o que deve ou não acontecer na continuação das histórias. Observa as irmãs. Fisicamente, as gêmeas são muito parecidas: o rosto largo, os olhos verdes incrustados sob sobrancelhas grossas e aloiradas, da cor dos cabelos compridos e cacheados. Vonda nasceu com uma mancha vermelha no rosto, mas faz de tudo para escondê-la. Com isso, a maioria dos moradores nem sequer é capaz de diferenciá-las. Nos trejeitos, entretanto, Velma impõe a voz a

quem quer que seja, argumenta calorosamente quando deseja escrever a história de uma forma e as outras discordam, e possui, desde já, certa malícia e desenvoltura de mulher. Vonda é mais tímida, aceita sem protesto as propostas da irmã e parece ter vergonha da própria voz; emite apenas sussurros tímidos. Tão semelhantes em alguns aspectos — chegam a ter a caligrafia idêntica! — e tão distintas ao mesmo tempo.

— Vamos parar a história dela. Está chata! — briga Velma, pousando o caderno no colo.

— Falta pouco! E já gastamos tanto tempo nisso... — diz Jekaterina. — Ela poderia fugir no final.

— Com o capitão Dimitri ou com o outro?

— Com o outro. Se for com o capitão não vai ter a menor graça!

Estão há quatro fins de semana escrevendo a história da sra. Helga. A imaginação as levou a confabular que a sra. Helga é uma espiã em território inimigo, dividida entre o amor que deixou na terra natal e o capitão, com quem se relacionou enquanto estava em missão. Para Velma, a história já perdeu a graça há muito tempo e se transformou num emaranhado de teorias conspiratórias sem sentido. Jekaterina, por outro lado, insiste em dar fim ao conto.

— Tive outra ideia ontem — começa Velma. — Fazer uma história do Krieger. *Krieger, o Belo* será o título.

As meninas lançam olhares ao rapaz, tentando disfarçar os risos. Escrever sobre o namorado da Vália!

— A história da sra. Helga está muito chata. Ela não poderia ser tão má assim... — continua. — Eu prefiro escrever histórias bonitas. Sobre pessoas bonitas. E a sra. Helga é estranha... Abrigou aquele forasteiro... O Krieger é bonito. E não é nada estranho.

Ouvindo a irmã falar com tanta desenvoltura sobre a beleza de Krieger, Vonda fica encabulada. Cora sem perceber. Há um tempo, nutre um sentimento estranho pelo namorado de Vália. Não pensa que é amor, porque o amor é um sentimento muito forte para ela — uma menina de treze anos — ficar sentindo por aí. Talvez seja apenas admiração. Sabe que Krieger é um rapaz mais bonito e inteligente que os outros no vilarejo. E sabe que sua irmã mais velha teve muita sorte quando eles firmaram o namoro, quatro anos atrás.

Dá-se conta de que Válía começou a namorar quando tinha treze anos... Treze anos! A mesma idade que ela tem agora! E, no entanto, não está nem perto de ter um namorado. Ninguém no vilarejo é interessante o suficiente... Só o Krieger... Galante como um príncipe, forte e...

Vonda se esforça para afastar o pensamento.

— Acho melhor terminarmos a história da sra. Helga — diz.

— Ah, Vonda, vai ser tão divertido! — insiste Velma. — Podemos fazer como se ele fosse nosso namorado. — Ela solta outra risadinha. — Krieger, o Belo, e suas duas namoradas... Válía, naturalmente, não pode saber de nada e...

Vonda não presta mais atenção. Krieger segurando suas mãos, afagando seu corpo tal como faz com a irmã... Só a imagem já lhe causa calafrios, uma palpitação estranha. Krieger poderia sair com quem quisesse no vilarejo, mas escolheu sua irmã mais velha. Não tem por que ele se arrepender. Válía é linda. Azar de Vonda ter nascido depois, afinal.

Ainda que Krieger tivesse sua idade, ele não iria namorá-la. Preferiria Velma, que é mais interessante e bonita. A mancha vermelha no rosto, mesmo que digam ser pequena, incomoda Vonda. Toda manhã, ela se maquia bastante para esconder a mancha e ficar praticamente idêntica à irmã. Mas não adianta. Não se trata apenas de beleza. Velma é mais inteligente, sagaz, dona de si. Vonda é apenas uma menina boba. Uma menina boba que não consegue fazer nada direito. Até em criar histórias sua irmã é melhor, e por isso fica com os começos, a parte que realmente importa.

— Termino em casa a história da sra. Helga. Podemos começar a do Krieger — anima-se Jekaterina. A mãozinha gorda devolve o caderno à mochila e retira outro, em branco.

— Já escrevi um início aqui. Um triângulo amoroso. Acho que seria interessante um triângulo amoroso. — Velma saca do bolso do casaco duas folhas de papel dobradas. Pigarreia. — Vou ler para vocês.

O sol reflete na neve e traz uma claridade mística ao momento. Vonda fecha os olhos. Deixa a mente para as doces palavras da irmã: a descrição minuciosa do rosto de Krieger, suas conquistas, suas habilidades; uma paixão inesperada por gêmeas muito mais novas... Neste instante, Vonda não consegue conter um sorriso de orgulho por ser incluída, pela primeira vez, em uma história começada por Velma. Vonda jamais desejaria que a adorável Vália ficasse conhecida como a irmã mais velha solteirona, sem amores. Tudo ali é ficção, não? A graça é justamente distorcer a realidade! Um triângulo amoroso que choca todo um vilarejo tradicional, perdido num vale cercado de montanhas de gelo.

A vez de Vonda logo chegará, e ela precisa pensar em como continuar essa história. Tem que haver alguma espécie de conflito: um triângulo amoroso não sobrevive de forma harmoniosa por tanto tempo... Vália, a irmã mais velha solteirona, deseja a felicidade das duas mais novas, mesmo não tendo encontrado seu homem perfeito?

Alguém tem que perder... O príncipe encantado só desperta uma única princesa com o beijo — as outras ficam por aí, sozinhas e esquecidas. Ao menos na ficção, Vonda não ficará sozinha e esquecida. É a dona da história. Precisa se livrar do problema que as outras representam: Velma, idêntica a ela, porém mais atraente; Vália, mais velha e em busca de um namorado, torcendo contra a relação das duas com Krieger. Como enfrentar tudo isso? Não pode ser tão difícil... Na ficção, tudo é possível.

Bem, há sempre a opção de...

Ela solta um risinho envergonhado.

Distrai-se com o silvo do trem a vapor que se aproxima. A estação ferroviária está deserta. Do trem, salta apenas um velho curvado, com uma maleta vermelha nas mãos. De longe, o senhor dá uma piscadela a Vonda e caminha na direção da rua principal. Vonda tem certeza de que não o conhece, mas não estranha. Abandona a figura do forasteiro e volta a passear pela ideia que teve pouco antes de o trem chegar. Tenta rechaçá-la mais uma vez, mas agora é impossível. Fixou-se nela, latejante. É a solução perfeita para que ela seja a princesa do Krieger.

Assassinato.

A palavra lhe causa cócegas e ela até vê certa graça em ter pensado nisso. Leu dois livros de detetive por esses dias e concluiu que jamais seria capaz de cometer um crime hediondo daqueles. É irônico que, na ficção, um homicídio surja como solução para seus problemas.

Assassinato, então. Mas de quem, afinal? Vália? Velma? Teria coragem de se livrar das irmãs que tanto ama? Não! Nunca! De que adiantará matar as duas irmãs para viver em paz com Krieger? E se o amor terminar em nada? E se, depois de duas mortes, a infelicidade voltar a bater à sua porta? Quem garante seu futuro com Krieger? Vália é feliz e se sente completa com ele, mas isso não significa que o mesmo acontecerá com ela. E ainda pode ocorrer o pior: se ela, incapaz e lerda, não conseguir cometer o crime perfeito, terminará trancafiada na prisão da capital, desprezada.

A morte do próprio Krieger seria melhor. Além de surpreendente (ninguém espera que o protagonista do conto vá ser assassinado), a morte do galã encerra todas as questões problemáticas da trama. Deixa ainda espaço para o luto e o sofrimento da princesa. Trágico, mas poético.

O sentimento que cresce nela é maior em relação à irmã, que explode de alegria e se perfuma como uma madame, do que em relação ao Krieger, bonito, atraente, mas tão pouco interessado em viver ao seu lado.

Os devaneios se misturam à realidade. Na ficção, a irmã mais velha é uma solteirona solitária. Na vida real, ela é estupidamente feliz e lhe causa uma sensação estranha, algo esfumaçado, uma nostalgia de querer voltar ao antes, de ter Vália brincando com elas, em vez de tê-la a metros de distância com toda a atenção no namorado.

Assassinato. Vonda já consegue vislumbrar o enterro do jovem Krieger, morto de maneira inesperada... Vália, inconsolável, encontra nas gêmeas o acalanto de uma dor interior... Matar uma pessoa não é tão difícil, afinal. Basta puxar um gatilho, colocar uma erva venenosa no chá, apertar com força o nó de uma corda envolta no pescoço desprevenido...

O plano chega completo, impecável. Um crime breve e limpo. Sem testemunhas, sem provas, sem a necessidade agourenta de mãos sujas de sangue. Terá que realizá-lo logo, enquanto ainda está embriagada de coragem. Esta noite? Sim, esta noite será ótimo. Tudo...

— Vamos, meninas, vamos! — interrompe Vál111a. — Mamãe pediu para não chegarmos muito tarde. Ela tem o jantar com os Suhanov e vocês devem ir cedo para cama.

Pega as irmãs Vonda e Velma pelas mãos. Jekaterina também se prepara para ir embora. Diz que prefere marcar os próximos encontros em sua casa, mas não dá explicações para querer romper com a tradição dos encontros no descampado a oeste da estação ferroviária. Velma é contra.

Quando chegam à rua principal, Vonda começa: vence a timidez e passa discretamente para Krieger uma folha de caderno amassada. Diz para ele que Velma mandou entregar e que promete explicar tudo mais tarde. O rapaz intenciona perguntar alguma coisa, mas pensa ser uma brincadeira de criança e, com um sorriso, entende que o assunto é secreto.

Assim que pode, desamassa o papel e lê:

— *Hoje. No descampado. 22 horas. É sobre a Vál111a. É surpresa. Não deixa de ir. Ass: Velma.*

Krieger franze o cenho. O que a irmã mais nova de Vál111a pode querer com ele? De todo modo, estará no horário marcado, no local combinado. A curiosidade o consome naquele exato instante.

Vonda sente as pernas latejarem de dor e se ajeita. Tenta encontrar uma nova posição atrás de uma das poucas árvores do descampado, de modo que Krieger não a veja ao chegar. Olha nervosa para o relógio da estação ferroviária deserta. 22:04. Ele está atrasado. O último trem passa dali a dezesseis minutos.

Teve muito cuidado ao sair de casa. Vál111a acabara de se deitar e Velma já dormia havia horas. Maquiou-se como sempre e pegou emprestado um casaco no guarda-roupa de Velma. Escolheu becos e vielas menos movimentados, escapando da vigilância fofoqueira dos vizinhos. Conseguiu.

22:12.

O nervosismo se transforma em decepção. Seu plano genial obviamente se revela um fracasso já nas primeiras etapas. Tem vontade de chorar, mas as lágrimas são caladas pelo som de passos. Espia quem se aproxima. É Krieger.

Levanta-se do esconderijo com cuidado. O rapaz se acomoda no chão de terra para esperar. Vonda caminha silenciosamente, a mão direita envolta em uma pedra pesada e fria. Ergue-a, ganhando velocidade. O rapaz nota a aproximação, mas não tem tempo de se virar. A arma o acerta em cheio no topo da cabeça e faz um rasgo na pele. Um gemido sufocado acompanha o desmaio de Krieger.

Com dificuldade, Vonda arrasta o corpo do rapaz até os trilhos. Aos treze anos, não é muito forte. Olha o relógio da estação mais uma vez. 22:17. Dali a três minutos o comboio passará, sem atrasos. O maquinista não conseguirá frear a tempo e todos julgarão uma fatalidade que o jovem Krieger distraidamente tenha atravessado a linha do trem bem àquela hora. Ela fuxica nos bolsos dele até encontrar a carta que havia escrito mais cedo e fica orgulhosa por ter se lembrado de pegá-la de volta. Um crime sem pistas, isso sim!

Volta ao esconderijo na árvore. Sente-se animada ao ouvir o chiado do trem se aproximar. Sorri para Krieger desmaiado, prestes a ser devorado pelo comboio em alta velocidade.

Tudo acontece em segundos. Krieger abre os olhos e move o braço, dando-se conta da desgraça iminente. Seu olhar apavorado encontra o de Vonda. O trem avança. Krieger grita e rasteja zonzo na tentativa de se afastar dos trilhos. Solta um urro animalesco quando o comboio passa. O sangue jorra farto das pernas destroçadas.

Vonda treme de medo. Ele não está morto. Ela corre para casa com uma imensa vontade de chorar. Sua mente procura uma solução. Não há solução. Ele a viu, sabe que ela é a responsável por tudo aquilo. Ela será presa. Odiada pela família. Repugnada pelo vilarejo. Por que sempre fazia tudo errado?

Entra em casa esbaforida, prendendo a respiração para não acordar ninguém. Pensa em Vália. Ela agora terá um namorado

aleijado. Continuará a amá-lo ainda assim? Passa pelo quarto da mãe e nota que ela ainda não voltou do jantar nos Suhanov. Ao passar pela porta do quarto de Velma, tem uma ideia.

É preciso coragem, mas... Não quer ser presa.

Abre o caderno e redige uma carta breve. Volta à sala e, subindo em um banquinho, alcança a arma do pai, guardada na porta superior do armário. Ruma ao quarto da gêmea. As mãos suadas envolvem o cabo frio do revólver. Mira a têmpora esquerda de Velma — sua irmã é canhota e ela aprendeu nos livros policiais que os canhotos se matam com a mão esquerda. Fechando os olhos, atira.

Com a rapidez que só o desespero permite, retira o casaco e o veste no corpo inerte de Velma. O sangue que sai da cabeça inunda o travesseiro. Deixa o bilhete que entregou a Krieger no bolso do casaco, junto com a carta que acabou de escrever. Volta depressa para o quarto e se deita debaixo das cobertas. De olhos fechados, acompanha os sons da irmã, Válchia, que desperta no andar superior: a corrida até as escadas, os pés nervosos contra o assoalho. Finalmente, o grito ensurdecedor de quem vê um cadáver diante de si.

Vonda se levanta, fingindo cara de sono, e corre para o quarto da irmã. Encontra-a abraçada ao corpo inerte, a carta de despedida amassada em suas mãos trêmulas.

Dias depois, a mensagem de suicídio da menina Velma é publicada no periódico local. Todo o vilarejo comenta em polvorosa cada detalhe da singela carta:

Sei o que estou fazendo. Válchia, desculpe ter tentado matar o Krieger. Soube de coisas que o fazem merecer a morte. Coisas que ele fez comigo, mas vai negar até o fim que realmente tenham ocorrido. Ele é mau. Ele abusou de mim. Afaste-se dele. É sério. Peço desculpas por tudo. Não posso mais viver com isso. Vonda, você é uma ótima irmã. E uma excelente escritora também. Amo vocês e a mamãe. Adeus.

Vonda sorri satisfeita sempre que ouve alguém no vilarejo comentar a carta suicida. Ninguém suspeita de nada. A cada instante tem mais certeza do que o texto diz: realmente, ela é uma excelente escritora.

LÚCIFER

O NEGRO CAOLHO

O negro chega ao vilarejo em uma manhã de inverno. Como uma lufada de ar que percorre o espaço entre as casas, a notícia atiça os moradores e ganha cores de acontecimento histórico. Não estão acostumados a receber forasteiros. As poucas pessoas que passam ali vêm pedir comida ou coletar impostos. Nunca houve ninguém com aquele tom de pele escuro como a noite. O medo domina os habitantes e os homens são imediatamente chamados.

Com força e destreza, Ivan, o ferreiro, neutraliza o perigo: golpeia o negro na cabeça e, com duas cordas ásperas, o amarra nas grades do coreto da praça central. Os velhos interrompem o xadrez para estudar a figura animalesca. Os mais impressionáveis escondem os olhos, as pálpebras tremem na tentação de descortinar uma vez mais a imagem do homem de pele preta.

Anos mais tarde, quando perguntado, Ivan se negará a comentar detalhes sobre a aparência do forasteiro. Recusará também tecer impressões sobre os episódios que se sucederam à sua captura.

Como todos, tentará esquecer os meses do negro no vilarejo, ao alcance de seus filhos.

Mesmo sob a bruma daqueles tempos, certa madrugada, depois de muitas garrafas de vodca, Ivan rememoraria a chegada do negro ao vilarejo.

— Tinha a pele escura, como se o fogo do inferno o tivesse queimado por séculos e séculos — diria aos colegas igualmente embriagados. — Os dentes eram tortos e estavam manchados de sangue. Sangue de gente. As manzorras eram largas e ásperas, e, quando encostei nelas, senti que também eram diferentes. Não era humano. Não era, já se via no couro preto. Tinha apenas um olho. O outro era um buraco. Um escavado de pele flácida que ninguém conseguia encarar por muito tempo. Fico pensando nas atrocidades que ele cometeu para que lhe arrancassem um dos olhos. Mas isso não interessa agora. Se eu soubesse, teria cortado a cabeça daquele demônio ali mesmo. Na praça. Na frente das crianças e dos velhos.

Na verdade, cortar a cabeça do negro caolho é consenso no momento de seu aprisionamento. Até mesmo as senhoras religiosas, dotadas de bom coração, apoiam tirar a vida do animal bizarro que urra a cada chute ou soco que Ivan lhe desfere.

Com a ajuda de outros homens, amordaça o monstro. Cessa o grito ensurdecedor, que, anos depois, ainda reverberaria nas pessoas do vilarejo. Envolvem a cabeça do negro com um saco de batatas, escondendo das crianças as feições disformes. O corpo musculoso e descamisado treme no vento frio.

Ivan, o ferreiro, torce o braço do negro caolho e o obriga a se abaixar. Força a cabeça desproporcional no vão entre as grades de ferro do coreto e ergue o machado, ordenando que as mães ali presentes tapem os olhos dos filhos. Uma gota de suor escorre pela testa do ferreiro, cai no saco de batatas. O negro geme de medo, mas aceita o destino que a vida lhe oferece.

— Não! Vocês estão loucos? Parem já!

A jovem voz feminina, num desespero estridente, rouba os olhares da pequena multidão que assiste à execução do monstro.

— Não façam isso! — roga novamente. Aproxima-se do carrasco de machado erguido no ar.

Sem a intervenção da respeitável sra. Helga, esposa do capitão Dimitri, o negro caolho morreria ali mesmo, diante de todos, exatamente como, mais tarde, Ivan se confessaria arrependido por não ter feito.

— Ele é um humano, vocês não veem? Como têm coragem de tratar um homem como um monstro? Não temem o castigo dos céus?

— É uma aberração, sra. Helga. A senhora é inocente. Não vê maldade em nada. Mas o negro é uma aberração.

— É um homem, sr. Ivan. Assim como nós. O que ele fez para merecer uma machadada no pescoço?

— Ele é todo preto, senhora — se apressa Ivan em explicar. — Falta-lhe um olho também. A senhora não viu o rosto dessa coisa. E nem queira ver, se não quiser ter pesadelos à noite.

— Eu *vi* o rosto dele, sr. Ivan. É de um homem como qualquer outro. Afugentado, com medo.

— É uma aberração, já disse. Tem sangue nos dentes.

— Provavelmente se alimentou de animais para chegar vivo até aqui. Não é estranho que tenha sangue nos dentes.

— Fala frases incompreensíveis, sussurros demoníacos.

— Sr. Ivan, por favor, não são sussurros demoníacos. Ele é estrangeiro, sem dúvida. Não fala a nossa língua.

— Um homem preto e caolho que fala a língua do diabo... Como é capaz de defendê-lo, sra. Helga?

O ferreiro está irritado com tamanha impertinência.

— O mundo não se resume a este vilarejo no meio do nada, sr. Ivan. Existem outras línguas. E outros tons de pele. O fato de sermos todos brancos, de olhos claros, não nos torna melhores ou piores.

— Somos melhores do que esse negro caolho! — brada parte dos habitantes, ansiando que o sangue — ou o que quer que corra nas veias do monstro — seja derramado.

— Eu o levarei comigo — decide a sra. Helga, encarando Ivan com firmeza. — Não há por que matá-lo. Preciso de alguém para me ajudar com os afazeres domésticos agora que Iuri nasceu. Esse homem poderá me servir.

— A senhora vai colocar esse animal caolho dentro da sua casa? Para cuidar do seu bebê?

— Não é da sua conta. Sei o que estou fazendo, sr. Ivan.

— O capitão jamais permitirá.

— Isso eu resolvo com meu esposo quando ele voltar. Agora, desamarre o homem. Ou o senhor que vai ter que se entender com o capitão.

Nas semanas seguintes, o negro caolho, agora protegido da sra. Helga, continua sob os olhares desconfiados dos moradores. Ao chegar de viagem, o capitão Dimitri escuta com receio a novidade da esposa.

— Pode ser perigoso — diz.

A sra. Helga argumenta que é só um pobre coitado que precisa de ajuda e completa:

— O homem negro apara o jardim, varre a casa, limpa as janelas e canta para Iuri dormir sem que tenhamos que pagar nada. Tenho trabalhado bem menos desde que ele chegou e me dedicado mais ao nosso filho. Pense nele como uma espécie de economia e caridade ao mesmo tempo.

Como de costume, o esposo acata o argumento. Aos poucos, a sra. Helga ensina o homem a coser tecidos, preparar refeições e falar a língua deles.

— Nome Mobuto — diz certa vez, arriscando-se no novo idioma. — Meu nome Mobuto.

— Ótimo, mas falta o meio. Meu nome é Mobuto — esclarece a sra. Helga, enquanto cozinham batatas. — Vamos, repita comigo. Meu nome é Mobuto.

— Meu nome é Mobuto.

— Isso. Agora me ajude aqui com essa panela. Não posso me queimar — diz, e gesticula para que o homem assimile o vocabulário. — Pegue a panela de batatas e jogue a água fora. A água. Fora. Na pia. Na pia. Coloque duas batatas no prato. Não, não, apenas duas. Veja, duas.

Mobuto fica atento às instruções da ama. A sra. Helga entrega-lhe um garfo.

— Garfo de quatro dentes. Veja. Para amassar as batatas. É preciso amassar bastante, Mobuto. O pequeno Iuri não consegue comer pedaços muito grandes. Amassar. Veja.

— Iuri bonito. *Babê* bonito — diz ele. Pega o garfo e amassa as batatas como a ama lhe ensinou.

— É bebê. Não *babê*.

— Iuri bebê bonito.

— Sim, é muito bonito — diz a sra. Helga. — Tem filhos, Mobuto? Filhos, entende? Bebês?

— Dois filha. Guerra. Mulher morre, dois filha pegada, Mobuto sem olho. Guerra.

A sra. Helga não sabe o que dizer. Não imaginava que veria aquele negro imenso prestes a chorar.

— Eu sinto muito. Você fugiu?

— Fugiu — diz. Entrega o prato com as batatas amassadas para a ama. — Guerra, sra. Helga. Mobuto fugiu.

A sra. Brigd, irmã da sra. Helga, acompanha com reticência a evolução do negro. De início, era contra a ideia de empregá-lo e, a cada dia, se surpreende com a sociabilidade crescente do selvagem.

— É um bom homem — diz a sra. Helga para a irmã, certa tarde. Estão em poltronas confortáveis, diante da lareira, tricotando roupas para Iuri, escondido sob as cobertas no berço. — Perdeu a esposa em uma guerra. As filhas foram raptadas, pelo que entendi...

— Raptadas?!

— Foi o que ele disse. Raptadas por um estrangeiro. Ele chegou até aqui seguindo a pista do estrangeiro, ao que parece.

— Por que sequestrariam as meninas dele se ele era um homem tão bom?

— Ora, não seja cega, Brigd! Prostituição, é claro. Na capital, existem vários bordéis com essas meninas... Trazidas da África e das Américas, coitadas.

— O negro acha que o raptor está aqui? No vilarejo?

— Naturalmente que não — diz a sra. Helga, agitando a cabeleira ruiva. — Impossível que essas meninas estejam aqui. Todos se conhecem. Devem estar na capital, isso sim.

— Então, o que o negro faz aqui?

— Ele não pode continuar a busca agora. Não tem dinheiro. Não fala a nossa língua. Se continuasse, acabaria preso ou morto, como quase fizeram. Eu não pago nada a ele, mas pelo menos eu o alimento.

Neste instante, três batidas na porta são ouvidas. O negro se apressa em atendê-la e, com uma mesura que a ama lhe ensinou, permite a entrada do visitante. É um velho com poucos fios de cabelo branco sob o chapéu de feltro. Na pele enrugada, um sorriso simpático. As costas curvadas do homem fazem com que a sra. Helga lhe ofereça a poltrona mesmo sem nunca tê-lo visto.

— Desculpe, quem é o senhor?

A sra. Brigd deixa as agulhas e os calçados de lã sobre a mesa de centro, atenta ao forasteiro.

— Vim de longe, senhoras — murmura o velho, arfante, como se só agora parasse para recuperar um fôlego de décadas. — Preciso de dinheiro. Mas não venho lhes implorar trocados. Não, isso não. Muita humilhação para alguém da minha idade. Venho apenas vender o que tenho de mais precioso.

Com dificuldade, o velho ergue a maleta vermelha que traz nas mãos, abre-a sobre os joelhos e retira dela um animal que lembra um rato.

— É um husky. Recém-nascido.

— Ora, um cachorrinho! Lindo! Mas não sei se esse é o momento apropriado para termos um cachorro. Meu marido...

O capitão Dimitri está na cidade há semanas. Prepara-se para uma possível guerra contra uma coligação de estados vizinhos, rebeldes esfarrapados. Poucas pessoas sabem disso no vilarejo. Naquele instante, sem querer, a sra. Helga quase deixa a informação escapar para um desconhecido.

— Soube que a senhora tem um filho. Não acha *apropriado* para seu bebê ter um cachorro com quem brincar?

— Não sei, Iuri ainda é muito pequeno.

— Senhora, isso não importa. Esse cachorro vive por anos. A mãe deste aqui morreu após quatro décadas! Quatro décadas, consegue imaginar? Não são cachorros como outros...

— Senhor, eu sinto muito. Como disse, meu marido está fora e, na verdade, não temos muito dinheiro.

— Pois pague quanto achar devido, senhora. Ouvi dizer que tem um bom coração. Abrigou o negro deformado que atendeu à porta.

— Não fale assim de Mobuto. É um ser humano, como nós.

— Queira me desculpar, senhora, mas está enganada. — O velho curvado abre um sorriso. — Nestes muitos anos, tive a oportunidade de visitar a terra dessa gente, a África. É um povo selvagem, que sobrevive da barbárie, todos violentos e grosseiros. Acho admirável que a senhora o receba de braços abertos, mas, fosse o contrário, eles nos colocariam num caldeirão e seríamos servidos no almoço.

— O senhor que me desculpe, mas não acredito no que diz.

— São fatos, senhora. Não há por que duvidar. Tenha certeza de que somos melhores. Repare nos pequenos atos. Na brutalidade desses homens. Os músculos bem-dispostos feito máquinas.

— O senhor está sendo desrespeitoso. Por favor, vá embora.

— Vou sim, senhora — diz, e se levanta. — Mas, cuidado!, são seres irracionais, impacientes. Explodem quando menos esperamos. Mais animais do que homens...

— Senhor, por favor.

O velho para na soleira da porta.

— Com esse negro em casa, talvez a senhora precise de um amigo fiel para protegê-la. Fique com Astor.

Deixa o pequeno husky no tapete e bate a porta atrás de si.

Numa tarde de primavera, o capitão Dimitri chega eufórico em casa, estala um beijo nas bochechas da esposa que não vê há meses e avisa que foi promovido a major. Corre para o berço e pega o pequeno Iuri no colo, satisfeito com o aspecto saudável do filho. Cumprimenta Mobuto por educação e se surpreende com o cachorro que lhe salta nas pernas.

— Chama-se Astor. É uma longa história... — diz a sra. Helga.

O sr. Dimitri explica que está de passagem e pede que ela o ajude a fazer novas malas. A guerra estourou na capital e ele precisa se unir ao destacamento dali a alguns dias.

Quando o esposo parte, a solidão domina a vida da sra. Helga. Há, claro, o pequeno Iuri. E, vez ou outra, Brigd aparece para conversar amenidades. Mas nem os choros do bebê nem as fofocas do vilarejo a comovem mais.

Nos meses seguintes, esvaziada em sua monotonia, ela repara nos movimentos de Mobuto. Quando chegou, o negro evoluía de modo impressionante, guardava conhecimentos com a facilidade de um sábio. Agora, no entanto, a vontade de aprender parece substituída por uma apatia nervosa, uma insatisfação sutilmente desenhada nos traços rudes do rosto de pele preta. O negro não é mais feliz ali. Ninguém mais é feliz ali.

Mobuto parece ter notado que está fadado a morrer no vilarejo, espanando cômodos e amassando batatas cozidas para alimentar o pequeno Iuri. Não é suficiente o fato de ela alimentá-lo todos os dias. Está insatisfeito por viver naquela casa sem ganhar nenhum níquel. Preguiçoso, não faz mais esforço algum, nem para falar direito, nem para acertar nas tarefas da casa.

É um povo selvagem, que sobrevive da barbárie, todos violentos e grosseiros...

Sem se dar conta, a sra. Helga para de chamá-lo de Mobuto e, como todos no vilarejo, passa a chamá-lo de negro.

Tenha certeza de que somos melhores...

Encontra muitos defeitos no homem: a maneira desleixada com que limpa as janelas, o tom impaciente com que varre a casa, as batatas mal-amassadas. Não há qualquer sinal de gratidão no negro. Apenas uma comodidade irritante, como um cachorro velho e cansado, que só come e já não serve para nada.

A sra. Helga não se sente segura com o negro em casa. Cria novas regras de convivência. A comida do negro será diferente da deles — um despropósito gastar carne à toa com ele. Compra grilhões para mantê-lo sob controle. Algema Mobuto no porão todas as noites antes de dormir. O negro aceita as ordens da ama, resignado.

Repare nos pequenos atos...

Quando vai à cidade, compra varas e palmatórias para controlar Mobuto e ensiná-lo a se portar como devido. O negro continua a fazer serviços porcos. Cisma em espremer com desleixo as batatas, deixando grandes nacos para alimentar Iuri.

— Segure o garfo com firmeza e amasse! — manda ela. Pega outro garfo e repete o movimento. — Comendo isso, meu Iuri morreria engasgado! É preciso amassar, infeliz! Amassar! Essas porcarias mais parecem miolos...

O negro fica nervoso e mal consegue manter seu garfo de quatro dentes nas mãos. Está triste com o jeito de sua ama, mas respeita. Esforça-se para amassar as batatas. A sra. Helga não fica satisfeita e o golpeia com a vara.

... Na brutalidade desses homens...

O negro chora. Pensa que todos são iguais, no fim das contas. Pensa nas filhas para engolir a dor. Precisa ficar no vilarejo até encontrá-las. Precisa ser forte e suportar tudo aquilo.

Os músculos bem-dispostos feito máquinas...

— Você não presta para nada — diz a sra. Helga. — Não agradece nem por um instante pelo que fiz por você! Sabe o que eu esperava? Respeito! Dedicação! Trabalhar decentemente é o mínimo! Mas não! Nem isso você faz!

Explodem quando menos esperamos...

A sra. Helga joga o prato de batatas contra o negro. Veste nele a coleira que comprou junto com as varas. Puxa a corrente e obriga o negro a se agachar, como um animal. Ele fica de cócoras e rasteja pelo chão. Os cacos de vidro rasgam suas mãos e o sangue escorre pelas palmas calosas.

— Veja essas batatas! Você nem sequer consegue amassar batatas direito! Depois de tantos meses, você ainda não sabe fazer! Coma, agora! Coma você essas batatas!

A sra. Helga força a cabeça do negro para o chão. Ele recua, rejeita, mas é obrigado a aceitar os nacos de batata. Mastiga-os. Há pequenos pedaços de vidro, que cortam sua língua e ferem a garganta.

Mais animais do que homens...

A sra. Helga brande os garfos de quatro dentes na direção do negro.

— Você não presta para nada! Não é à toa que perdeu um olho na guerra. Não é à toa que suas filhas foram raptadas e agora são obrigadas a se prostituir em troca de moedas! E você *nunca* mais vai vê-las!

A sra. Helga sente uma raiva tremenda da maneira submissa com que o negro aceita seu repúdio. Ele não argumenta, não critica, apenas concorda. É esperto e acomodado. Sabe que precisa ficar ali para salvar as filhas. Ela se dá conta de que o negro ainda tem uma razão para viver, enquanto ela não tem mais nada. Tomada pelo ódio, a sra. Helga enfia os garfos nos pés de Mobuto, um em cada sola. Os dentes pontiagudos perfuram na altura dos calcanhares e o negro urra de dor.

— Levante-se — exige ela.

O negro encara a sra. Helga, incrédulo. Ela força a coleira para cima e quase o enforca. Ele se ergue lentamente, não consegue apoio, os garfos afundam em sua carne quando ele tenta conseguir sustento. Arranham o chão.

— Vamos, caminhe! Vai andar de salto alto — exige ela, e puxa a coleira do negro.

Ele dá um passo e tonteia. A dor é lancinante. Tenta avançar na ponta dos pés. Os garfos nos calcanhares entortam sob seu peso, mas continuam fincados na carne. Ele sente que não vai aguentar. Sente que vai cair e tenta se apoiar na sra. Helga. Ela o despreza, tem repulsa dele. Tenta empurrá-lo para longe, mas o negro revida. Salta sobre ela, soca seu rosto, rasgando a boca que emite gritos esganiçados. Urra sobre o corpo da mulher, as ofensas reverberam em sua mente, como engrenagens de um mecanismo que o incita a continuar.

Mobuto puxa os garfos de quatro dentes, deixando um rastro de sangue que escorre de seus pés. Arremete os garfos contra a sra. Helga. Ela é igual aos outros, ela também é culpada pelo sequestro de suas filhas. Rejubila-se em fúria enquanto desfere os garfos contra os olhos da mulher. Arranca-os.

A sra. Helga geme um grito sufocado enquanto as mãos do homem se banham de sangue. Nauseada de dor, ela desmaia. O negro joga os globos oculares sobre um prato limpo na pia.

— Amassar! Mobuto sabe amassar! — grita ele, a respiração arfante.

Espreme os globos no prato, misturando-os às batatas numa papa de tom avermelhado. Toma o cuidado de não deixar nenhum pedaço inteiro: não quer que o pequeno Iuri se engasgue.

Enquanto a mãe jaz desmaiada na cozinha, o bebê come satisfeito a comida que o negro lhe oferece. Chega a abrir a boca novamente, pedindo mais quando o prato fica vazio. Mobuto veste uma roupa limpa e esconde o pequeno Iuri nas cobertas que leva consigo. Sem olhar para trás, bate a porta.

ASMODEUS

A DOCE JEKATERINA

Mikhail consegue adormecer em um dos bancos da ala norte do hospital da cidade, mas é despertado pelo choro de um bebê febril, que sua de modo anormal no colo da mãe. O caminho de trem do vilarejo até ali foi cansativo e, na verdade, desde que tudo começou, ele não consegue pregar os olhos direito. Sente medo.

Busca um copo d'água no bebedouro, evitando as pessoas que o encaram num misto de piedade e repugnância. Ao menos, ele não é conhecido ali. Viveu os últimos vinte e cinco anos esquecido num vilarejo com pouco mais de cem habitantes e só foi para a cidade porque era necessário.

Lembra-se com nostalgia de seus distantes vinte anos. Juntava os trocados conseguidos na carpintaria para comprar a passagem ferroviária até a capital. Embebedava-se sem temer a fiscalização de qualquer conhecido. Caso ainda sobrasse algum dinheiro, se aventurava nos bordéis, os olhos fascinados pelas luzes néon, pelos seios das mulheres promíscuas que lhe ofereciam os lábios carnudos. Bons tempos.

Mikhail hesita em continuar a lembrança. Teria sido o início da história o porão frio da primavera, com Jekaterina desnuda e amordaçada? Não, esse já era praticamente o meio. O começo vinha antes. Muito antes, talvez.

Satisfeito, ainda consegue se lembrar do velho e da noite no bar. No dia anterior, havia consertado uma escrivaninha de madeira para o capitão Dimitri e, com as moedas recebidas da sra. Helga, comprado uma passagem para a capital. Não fazia sexo havia meses e a masturbação não lhe bastava mais naquela idade. Precisava de uma mulher que não se acovardasse.

Desde aqueles tempos, Mikhail possui um desejo peculiar por mulheres obesas. Excitam-lhe os seios descomunais, as coxas flácidas e as bochechas fartas. Naquela noite, pagou pela prostituta mais gorda do lugar. Deleitou-se nas dobras da barriga gelatinosa e brincou entre as tetas volumosas da mulher.

Extasiado, mas ainda disposto, pediu vodca no bar do bordel. Sorveu-a em uma golada e pediu outra dose. E outra. E mais outra.

Então, percebeu o velho. O velho sentado na banqueta com uma menina no colo. Mikhail não tem certeza, mas pode jurar que o viu primeiro e só depois notou a menina em seu colo. O velho não bebia nada — disso se lembra bem — e parecia se divertir com a companhia. Numa troca de olhares, o velho sorriu para ele, um sorriso puro que o contagiou por completo.

Tratou de estudar a menina. Tinha uns dezesseis anos, talvez menos. Seu rosto excessivamente maquiado não parecia muito satisfeito de estar ali, acariciado pelas mãos enrugadas do cliente. Em qualquer outro lugar, a cena talvez se confundisse com um avô brincando com a neta adolescente. No ar esfumaçado do bordel, com o néon piscando e as vozes inebriadas que conversavam aos gritos, a cena ganhava um contorno sexual que excitou Mikhail.

Desejou estar na pele daquele velho, apalpando a garota em seu colo. Ainda que a menina fosse magrela demais e estivesse muito pintada — os ossos despontavam nos ombros raquíticos, e ele sempre preferiu mulheres de rosto limpo —, Mikhail ficou realmente excitado. Teve vontade de arrancar a moça dos braços do velho de aparência bondosa. Mas não podia — todos os seus trocados tinham sido gastos com a prostituta obesa...

Mikhail é despertado, de novo, pelo choro do bebê nos braços da mãe exasperada. Acorda tomado pela tensão gostosa daquela época. Em alguns instantes, a pulsão é tão tangível que não se contém. Mikhail torna a fechar os olhos, ansioso por encontrar no fluxo de imagens o exato instante em que surgiu Jekaterina. Se não estiver enganado, foi pouco depois.

Um vento frio ganhava espaço nas vielas, um serviço de carpintaria estava pendente na casa da sra. Brigd. Ele se preparava para ir ao trabalho quando, na casa ao lado, Jekaterina saiu para a escola, com um casaco de pele e uma sacola de pano nas mãos gorduchas. Era filha única do viúvo Akim, que não simpatizava muito com os pais de Mikhail por uma desavença quanto ao terreno dos fundos.

Ele nunca tinha dado muita importância aos desafetos entre adultos, nem atentado para a filha do vizinho, que saía todas as manhãs cantarolando na direção da escola do vilarejo. Mas, naquela manhã, ele notou Jekaterina: troncuda, braços largos, rosto redondo e pontuado de sardas como o da falecida mãe. Estava com duas tranças ruivas e grossas, cuidadosamente penteadas. Os olhos grandes, proporcionais ao rosto, e bem azuis.

Era perfeita, pensou Mikhail. Catorze? Treze? Ainda mais nova do que a menina do velho...

Seguiu Jekaterina. Voltou a persegui-la sempre que podia, acostumando-se à rotina da jovem vizinha. Eram idas e vindas ao colégio, visitas periódicas à casa da tia Larisa na cidade e fins de semana no descampado a oeste da estação ferroviária para brincar com as gêmeas.

Por um tempo, observar Jekaterina foi o suficiente. Inventava uma desculpa qualquer aos pais e tratava de seguir a vizinha. Suava frio. Jekaterina era linda. A pele lisa, os seios em formação, o corpinho gordo que antevia uma obesidade inevitável na vida adulta. Tudo em seu devido lugar.

O plano veio da urgência de tocá-la, de consumi-la. Já não bastavam os olhares furtivos, já não bastava o perfume que captava em perseguições mais ousadas... Mikhail teve que esperar mais algum tempo até que Akim viajasse para resolver problemas na capital. Mal pôde conter a alegria quando o viu instruir a filha a dar de comer aos animais, pois ficaria sozinha em casa.

Mikhail tomou um banho mais longo naquele dia, apesar do frio. E vestiu uma camisa preta que considerava muito bonita. Foi à janela esperar Jekaterina sair de casa. Seguiu-a com cuidado até o descampado e viu quando ela se sentou para brincar com as irmãs Vonda e Velma. Conversavam e riam como se mais nada existisse. Mikhail descansou atrás de uma árvore, à espreita, tomando cuidado para que Vália, a irmã mais velha das gêmeas, sentada na direção dele, não o percebesse ali. Não que fosse difícil: a moça estava distraída, trocando carícias com o namorado. Quando a noite já caía sobre o vilarejo, Vália pôs fim à brincadeira das meninas. E chegou seu momento...

Tomaram juntos a rua principal. Na esquina da casa de Ivan, o ferreiro, Jekaterina se despediu das irmãs e seguiu o caminho para casa, despreocupada, as nádegas roliças dando contorno à calça grossa.

Mikhail recorda com orgulho sua conquista. O chamado. A aproximação com um assunto qualquer. O saco enfiado na cabeça de Jekaterina. O grito sufocado. A rapidez da jornada silenciosa pelas vielas. Os olhos assustados da menina ao se ver amordaçada e desnuda em um porão desconhecido.

Mikhail se deleitou no corpo frágil da gorducha. Beijou os seios com lascívia. Desceu as mãos trêmulas, invadindo sua intimidade num esgar de prazer. Quando Jekaterina parou de gritar, esgotada, Mikhail lhe retirou a mordaça e se saciou. Antes de libertá-la, sussurrou uma ameaça:

— Conte para alguém e seu pai estará morto!

A vilania inesperada em si mesmo não deixa de lhe arrancar um sorriso. Dias perfeitos como aquele se repetiram muitas vezes. Mikhail espiava Jekaterina brincar no descampado e esperava o momento em que ela se separaria das gêmeas. Não precisava mais ir à cidade em busca das prostitutas. Tinha no colo sua própria menina.

Jekaterina obedecia, resignada, como se o sexo fizesse parte de sua sina. O passar do tempo Mikhail sentiu nas mãos: a forma dos seios, o crescimento dos lábios, as gorduras se acumulando, a boca mais suculenta... Mikhail percebe que sua em excesso e precisa de outro copo d'água. Lembrar-se do passado — daquele passado — não lhe faz bem. Ao mesmo tempo, é inevitável.

Até hoje, Mikhail não entende por que Jekaterina nunca contou nada ao pai. Entregava-se a ele com a mesma diligência com que fazia os deveres da escola. Foram quatro anos até que a morte de Akim levou Jekaterina, órfã, a morar na cidade com a tia Larisa.

Para ele, foi uma desgraça — nem prostitutas nem outras meninas causavam-lhe qualquer excitação. Além disso, aos vinte e cinco anos, já era obeso mórbido — tinha seus cento e oitenta quilos — e nenhuma mulher lhe lançava olhares de atração. No hiato lamurioso que preencheu sua vida naquela década, Mikhail se dedicou à carpintaria e aos bons sonhos, quando se lambuzava de Jekaterina.

Estava fresco na noite em que a campainha soou trazendo o passado. Ele, quase um eremita aos trinta anos, não estava acostumado a receber visitas e tampouco se arriscava a sair por muito tempo, pois se cansava com facilidade.

Mikhail ainda sente resquícios, pequenos fluxos sensitivos, do arrepio que lhe percorreu o corpo obeso quando reconheceu na aparência da mulher que o esperava à porta os traços juvenis da doce Jekaterina.

Na época, como uma criança embasbacada, ele não soube o que fazer nem o que dizer. Na verdade, acredita que o choque ainda seria igual, mesmo se tivesse a experiência de hoje. Não esperava rever Jekaterina. Conformou-se que ela seria daquelas pessoas essenciais que nos passam pela vida e são levadas inesperadamente pelo tempo.

Mas não: ela estava ali, diante dele, maquiada, sem sorrir.

— Quero sexo, Mikhail — disse ela, sem rodeios.

Ele não sabia como lidar com aquilo. Estava chocado demais.

— O que você veio fazer no vilarejo?

— Ganhei algum dinheiro na vida. Voltei para morar na casa ao lado.

— Na vida? Você... você virou prostituta?

Ela sorriu, sem precisar dizer mais nada. Mikhail refletiu sobre sua responsabilidade na escolha indigna de Jekaterina. Orgulhou-se.

— O que quer comigo?

— Quero sexo, Mikhail — repetiu ela, dispensando diálogos. — Não precisa pagar.

Mikhail sorriu ao perceber que havia acertado: ela estava mesmo gorda. Não uma gorda descomunal. Mas uma gorda com as medidas ideais, precisas, do jeito que ele gostava. Ficou incomodado pelo rosto maquiado — as sardas de Jekaterina estavam sob camadas de tinta e pó branco. Mas isso pouco importava.

— Pois entre! — convidou ele, um sorriso cifrado no rosto.

Sem aguardar qualquer iniciativa da parte dele, Jekaterina desceu o vestido, agarrando os ombros largos do homem. Trocaram beijos calorosos, pele contra pele, saliva com saliva.

— Abra a boca! Vamos, abra! — murmurou ela ao seu ouvido, dando-lhe tapas ousados. Com uma vontade incontrolável, Jekaterina lambeu seu rosto, cuspiu em sua boca de um jeito tão repugnante quanto prazeroso — repugnância e prazer caminham lado a lado.

Jekaterina mordiscou os lábios de Mikhail, abrindo pequenos cortes aqui e ali. Os anos na cidade a ensinaram a presentear a clientela com uma noite de prazer. Mas Mikhail sabia que não era um cliente qualquer. Mais beijos resfolegados, mais cuspes e lambidas pelo corpo. Ele já arrancava as roupas, quando Jekaterina se afastou de súbito. Vestiu-se depressa e saiu sem dizer uma palavra.

Mikhail julgou que aquela tivesse sido uma espécie de provocação de Jekaterina. Uma vingança inocente por tudo o que ele fizera a ela. Desde aquele dia, ela nunca mais trocou palavras ou olhares com ele. Jekaterina já era mulher-feita e Mikhail não podia mais ganhá-la com ameaças e sexo forçado. Negou também a tentação de pagar por seus serviços. Contentou-se com a solidão. Ela seria a única mulher com quem ele havia se deitado sem pagar um níquel sequer.

Só que as coisas começaram a acontecer... As manchas pelo corpo. A perda de sensações. Os braços atrofiados. A dolorosa deformação nos dedos. A pele que se enrugava com velocidade, como se vermes carcomessem suas carnes. As alucinações cada vez mais frequentes...

— Lepra — diz o médico. Observa o exame que Mikhail fez dias antes. — O senhor tem lepra.

— Como é?

Mesmo com o médico ali, diante dele, é difícil ouvi-lo por causa do maldito bebê que chora sem cessar.

— A lepra é uma doença que não tem cura, sr. Mikhail. E é contagiosa na fase inicial.

— Contagiosa?

— A transmissão ocorre por gotículas de saliva. Provavelmente em alguma relação íntima.

— Eu não... — Estava prestes a dizer que não beijava uma mulher... desde Jekaterina...

— Infelizmente, é uma doença em franco crescimento nesta região, sr. Mikhail.

Mikhail encara o médico.

— Quais as consequências desta coisa?

— Depende do estágio, sr. Mikhail. Infelizmente, o senhor foi diagnosticado num estágio tardio. Não há muito a ser feito...

— Quais as consequências, doutor?

— Complicações neurológicas. Invalidez. Possivelmente, morte precoce — diz o médico. — Precisamos saber de quem o senhor contraiu a doença e evitar outro foco de contaminação. A pessoa pode ignorar que é portadora.

— Entendo.
— O senhor sabe de quem pode ter contraído a doença?
Mikhail sorri, nervoso.
— Não sei, doutor. Não faço ideia.

BELPHEGOR

A VERDADEIRA HISTÓRIA DE IVAN, O FERREIRO

Enrola-se nas cobertas felpudas, massageia os pés contra a lã na tentativa inútil de aquecê-los. O frio dói em seus ossos. As toras de lenha queimam na lareira, mas pouco servem contra o gelo do vilarejo.

Em alguns minutos, Ivan terá que se levantar da cama, vestir dois ou três casacos, buscar o machado no porão e sair para cortar mais árvores. Reflete quanto todo esse processo desperdiçará sua energia e, sentindo o queixo tremelicar involuntariamente, solta uma risada nervosa. Já consegue antever o fim. Ali, deitado no colchão macio, aquecido por três camadas de lã, ele se dá conta de que, se não fizer nada, a morte logo chegará. O pensamento fúnebre não é suficiente para fazê-lo agir. Prefere ficar onde está, resistir enquanto for possível.

O frio não é seu pior inimigo. Há também a fome. Desde que a guerra civil recomeçou, o vilarejo ficou isolado, esquecido entre os vales montanhosos, desprovido de abastecimentos. A economia local perdeu força. Reconhecido por sua força, bravura e produtividade na fundição do ferro e do aço, Ivan viu de perto a desgraça devorar a região. Aconteceu muito depressa: a invasão dos rebeldes à capital, o cerco às cidades vizinhas, as tempestades de neve que soterraram trilhos e dificultaram o contato do vilarejo com a civilização.

No início, o desespero e o medo dominaram os habitantes do vilarejo. Agora, passadas pouco mais de nove luas, reinam o silêncio e o conformismo. Muitos morreram nesse meio-tempo. Os sobreviventes esperam trancados em suas casas, numa luta diária, agarrados à esperança de estarem vivos quando o pesadelo terminar.

Na semana anterior, ele notou Vonda, da casa vizinha, sair com botinas e uma bolsa de pano nas costas. Identificou-a com facilidade graças à mancha vermelha em seu rosto, que parecia crescer a cada ano, e ela nem se dava mais ao trabalho de tentar esconder com maquiagem. Mulher-feita, Vonda morava com Válvia, a irmã mais velha. Não supunha que Vonda fosse chegar muito longe, mas, curioso, abriu a porta para conversar com ela.

— Estou de partida — disse-lhe Vonda. — Não quero morrer esquecida neste vilarejo maldito. Válvia se recusa a ir comigo. Vou sozinha, viver nas Américas e escrever meus livros.

Logo depois, foi a vez de Anatole. Ivan estava na janela quando ele saiu de casa, beijou a esposa e os três filhos e partiu a pé rumo à capital. Entendeu o que o homem estava fazendo. Se ficasse em casa esperando que a sorte lhe sorrisse, perderia toda a família para a fome ou para o frio. Era preciso se armar de coragem e enfrentar o perigo. Sair em busca de alimento.

Inspirado pela lembrança, Ivan cogita fazer o mesmo. Mal se recorda da última vez que comeu verduras ou que mastigou carne. Até quando seu estômago suportará se alimentar de apenas um biscoito de farinha por dia?

A ideia de seguir para a cidade o abandona com a mesma rapidez com que surge. A possibilidade de passar dias caminhando na neve, dormindo no solo gélido da floresta, chega a lhe causar náuseas. Se for para morrer, que morra na cama, aquecido pela brasa que arde na lareira.

Ivan prefere evitar o desgaste. Prefere se manter ali, seguro. Caso a situação piore, ainda tem as duas negras no porão. Se quiserem comer, elas terão que ajudá-lo. Faz muito tempo que não comem nem um grão de milho, as coitadas. Estão famintas, certamente.

Ele lança um rápido olhar ao pote de biscoitos na mesa. Restam apenas dois. Ouve o estômago roncar. Coloca os pés para fora da cama, sente-os latejarem ao simples encontro com o piso frio. Rasteja para a mesa e pega um biscoito. Passa a língua seca pelo alimento, tenta extrair algum sabor. Depois, faminto, coloca-o de uma vez na boca. Lembra-se, então, de mastigar aos poucos; evita engolir para que a refeição se prolongue.

Ivan, o ferreiro, imagina o que pensariam os moradores do vilarejo se o vissem naquela situação patética. Perguntariam por que ele, um homem de tamanha virilidade, não enfrenta o frio para salvar a própria vida.

Como de costume, ele responderia com mentiras. Mentiras que ganharam contornos de realidade. Ele mesmo passou a acreditar nelas. Desde cedo, o pequeno Ivan percebeu o que esperavam dele. Nasceu com os ossos largos, uma compleição física robusta, característica dos homens de força incomum e saúde farta. Esperavam que ele fosse um herói. Um líder, como seu pai. Um exemplo de vigor e prosperidade naquele vilarejo esquecido pelo tempo.

Ele não era nada disso. Nunca havia sido. Veio ao mundo com uma força negativa. Era assim que ele chamava a sensação, de força negativa. Algo inanimado e abstrato que pesava em todos os seus pensamentos. Convivia com isso desde sempre. Uma apatia que o convidava a ficar na cama, uma repulsa dos serviços físicos prolongados e das jornadas cansativas.

Nos primeiros anos, trabalhar na oficina do pai era um martírio, somente comparável às idas ao colégio e à obrigação de lavar a louça todas as noites após o jantar. Por outro lado, Ivan se acostumou com as regalias que os moradores do vilarejo lhe ofereciam. A mera aparência de homem superior rendia honrarias que ele se recusava a dispensar. Por isso, fingia. Por isso, por algum tempo, foi obrigado a encenar para os outros — inclusive para o pai — que gostava do que fazia, que sentia orgulho de ser o melhor ferreiro da região, mantendo a tradição de cinco gerações.

Com a morte do pai, Ivan encontrou a saída para se deleitar de vez na força negativa que sempre o consumira: por alguns poucos trocados, comprou duas negrinhas. O velho que lhe vendeu as escravas havia garantido que eram sadias e aptas para o trabalho pesado. Definitivamente, não havia mentido. Depois de tantos anos, elas continuam vivas, enjauladas no mesmo porão, resistindo ao frio e à fome enquanto muitos sucumbem.

Nos primeiros dias, foi difícil ensinar às duas meninas de pele preta e braços fracos a manusear as máquinas pesadas necessárias à fundição do ferro e do aço. Com o tempo, as duas ganharam habilidade no manejo daquelas ferramentas, e, graças às negras, ele passou a ser reconhecido como o ferreiro mais produtivo de todo o Estado, realizando milagres de eficiência na oficina dos fundos, que mantinha de fachada.

Perdido nesses pensamentos, Ivan sequer repara quando come o outro biscoito do pote. O instinto leva seus dedos compridos a chafurdarem por mais comida, para então se dar conta do nada. O pote está vazio. Não tem o que comer naquela noite. A vontade de mastigar uma carne saborosa toma seu estômago e ele saliva mais uma vez.

Vira o pote, deixa os farelos caírem na boca, lambe no chão empoeirado os que lhe escaparam. Fatigado, vai para a cama. Antes de se deitar, pensa que deveria descer ao porão para verificar como as negras estão, mas acha melhor não se cansar por besteira. Se não estiverem vivas, nada poderá fazer.

Tem saudades da época em que chegaram as negras que ele havia encomendado. Era uma madrugada quente de primavera e o velho trazia duas maletas compridas. Com um sorriso, abriu as maletas diante da lareira, revelando dois corpos raquíticos, com olhos assustados. Deviam ter seus sete ou oito anos. Muito parecidas na dor e na miséria. Ivan as levou escada abaixo até o porão onde elas viveriam, trancadas na jaula firme que ele mesmo construíra.

Em todos esses anos, ele não lhes dirigiu mais de uma dúzia de palavras — as duas conversavam num dialeto sussurrado, quase diabólico. Ivan evitava também saber de onde vieram ou o que pensavam dele. Sempre teve coração mole e não podia se deixar apegar. Tratava as negras como máquinas. Máquinas que lhe poupavam o esforço de horas de trabalho na oficina.

Para facilitar o controle, talhou com faca amolada uma identificação no braço de cada uma: 01 e 02. Só então passou a diferenciar as duas. 01 era mais prestativa e inteligente, disposta a trabalhar mais de dezoito horas seguidas sem desmaiar. Já 02 era rebelde, preguiçosa. Necessitava de castigos periódicos para render as doze horas mínimas de trabalho na fundição do ferro e do aço.

Tudo funcionou em plena tranquilidade até o dia em que o negro caolho chegou ao vilarejo. Ivan guarda recordações nítidas daquela manhã de inverno. Aguardava na estação ferroviária o trem para ir à cidade quando o negro surgiu da floresta. Vinha descamisado, tinha apenas um olho, a boca repleta de sangue. Teria o forasteiro alguma relação com as duas negrinhas? Seriam parentes? Teve medo.

Instigado pelos outros moradores, Ivan ajudou a encurralar o negro. Amordaçaram-no e o levaram amarrado ao coreto do vilarejo. Ivan buscou seu machado, pronto para degolar o animal. Aproveitou para conferir como estavam 01 e 02. Elas tinham o mesmo couro escuro do negro caolho. Voltou repleto de força e coragem. Matá-lo era a melhor maneira de espantar a dúvida, de selar qualquer pretensão daquele monstro em relação às negrinhas que permitiam seu descanso diário.

Cobriu a cabeça do negro com um saco de batatas, ergueu o machado, pronto para a execução. Gostou daquele momento: era mesmo um homem viril, defensor dos interesses do vilarejo acima de tudo. Já descia o machado, quando foi interrompido pela sra. Helga, esposa do capitão Dimitri. A mulher chegou decidida, com ares de madame, alegando ser um absurdo cortar a cabeça do negro. Ele tentou dissuadi-la, mas não teve êxito. A sra. Helga era uma mulher influente, esposa do único oficial do vilarejo. Estava determinada a abrigar o negro em casa e nada a faria mudar de ideia. Não teve escolha.

Com o negro caolho morando na casa da sra. Helga, Ivan precisou investigar quem era aquele homem tão parecido com suas negrinhas e o que queria ali, num vilarejo esquecido nas montanhas. Não demorou muito, Brigd lhe fofocou que o negro se chamava Mobuto e vinha da África. Mas Ivan só descobriu o que de fato lhe interessava em uma tarde de primavera, quando, de passagem pela rua principal, ouviu a sra. Helga comentar:

— Perdeu a esposa em uma guerra. E as filhas foram raptadas por um estrangeiro. Ele está em busca delas. De algum modo, as pistas o trouxeram ao vilarejo. Não é um monstro, mas um pai querendo salvar a vida das filhas.

Não havia dúvidas: aquele monstro era o pai das meninas que lhe serviam de braços. Como devolvê-las estava fora de cogitação, decidiu que acompanharia de perto os passos do negro caolho e, na primeira oportunidade, se livraria dele de uma vez. Iria degolá-lo enquanto era tempo.

A oportunidade nunca veio.

Ficou desesperado ao saber que o negro havia fugido da casa da sra. Helga, cometendo um ato de barbárie e levando consigo o pequeno Iuri. No mesmo dia, Ivan foi à capital e comprou duas armas. O negro estava à solta e era perigoso. Cedo ou tarde, descobriria que suas filhas estavam ali mesmo, no vilarejo. Ivan tinha que estar preparado.

Foram longos meses de espera, pontuados por noites maldormidas e pesadelos surreais. Aconteceu numa madrugada silenciosa. Ivan foi acordado por um som incomum nos fundos da casa. Buscou o revólver na gaveta da cabeceira e fingiu dormir enquanto observava a silhueta se aproximar em silêncio. O invasor trazia uma faca rústica nas mãos, pronto para o ataque.

— Fique parado, monstro! — ordenou Ivan, erguendo-se, revólver em punho.

Mobuto recuou.

— Largue a faca, monstro maldito. Vamos, largue a faca!

Em movimentos lentos, Mobuto soltou a arma.

— Onde está o pequeno Iuri? O que fez com o bebê da sra. Helga? — perguntou Ivan. Queria ganhar tempo. Aguardava por meses a visita do negro e, quando o tinha ali, indefeso, não sabia muito bem como reagir.

— Mobuto comeu bebê bonito.

Ivan tentou não esboçar reação. Não queria atirar, pois acordaria o vilarejo e teria que dar explicações.

— Mobuto quer as filha. As filha de Mobuto aqui.

— Não sei do que está falando!

— As filha. Aqui.

Ivan sorriu.

— Estão no porão. Suas filhas estão no porão — disse, indicando o alçapão no piso.

Quando o negro se agachou para erguer a tampa de acesso, Ivan deu-lhe uma coronhada na cabeça e um chute na altura do estômago. A massa corporal enorme e musculosa desabou, sangrando. Sangue vermelho, como o de qualquer humano. Com a faca que o negro havia levado, Ivan finalizou o serviço: um corte seco na garganta.

Após enterrá-lo nos fundos da casa, Ivan tentou dormir. Foi impossível. Terminou a noite no bar, embebedando-se de vodca para afastar a imagem do negro degolado de sua mente. Naquela mesma madrugada, narrou aos amigos embriagados as sensações que teve com a chegada do negro ao vilarejo.

— Tinha a pele escura, como se o fogo do inferno o tivesse queimado por séculos e séculos. Os dentes eram tortos e estavam manchados de sangue. Sangue de gente. As manzorras eram largas e ásperas, e, quando encostei nelas, senti que também eram diferentes. Não era humano. Não era, já se via no couro preto. Tinha apenas um olho. O outro era um buraco. Um escavado de pele flácida que ninguém conseguia encarar por muito tempo. Fico pensando nas atrocidades que ele cometeu para que lhe arrancassem um dos olhos. Mas isso não interessa agora. Se eu soubesse, teria cortado a cabeça daquele demônio ali mesmo. Na praça. Na frente das crianças e dos velhos.

Tinha certeza de que fizera a coisa certa. Matar o negro que havia devorado o pequeno Iuri era o que todos fariam no lugar dele. Como recordação, Ivan guardou a faca rústica com que o negro pretendia matá-lo.

O ronco da barriga faz Ivan abandonar os pensamentos. Os dois biscoitos não são suficientes e ele percebe que não chegará vivo ao dia seguinte. Está cansado, com frio, faminto. Agita-se sob as camadas de lã, enquanto tenta arquitetar como se livrar daquela situação. Não lhe restam muitas opções. Pode bater nas casas vizinhas, mas duvida que alguém ofereça alimento de bom grado. Pode pedir ajuda às negras para caçar animais, mas não quer soltá-las da jaula.

Subitamente, tem uma ideia. Irônica, a princípio. Nojenta também. Mas, sem dúvida, a única boa ideia que lhe resta.

Pega a faca rústica e desce as escadas do porão. As negras dormem, os corpos magricelos tremem sob os trapos que ele lhes deu para que se cobrissem. Acorda as negras com o tilintar da faca contra as grades da jaula. 02 abre os olhos sonolenta, tenta entender o que acontece. 01 se ergue assustada, solta um grito desumano. Ivan lança a faca para dentro da jaula.

— Preciso que uma de vocês se sacrifique. Corte um pedaço de carne. Das nádegas, pode ser. Preciso me alimentar — diz.

As negras o observam sem entender e ele repete. 01 pega a faca, hesitante. Olha para ele mais uma vez. Tem olhos profundos, doídos e muito escuros. Murmura uma frase ininteligível, como se rogasse uma maldição. Ivan fica aliviado que as negras não reconheçam a faca rústica que pertencia a seu pai caolho. 01 se lança na direção de 02, puxando-a pelo cabelo. Ergue a faca e a crava no peito da irmã por diversas vezes, até que os gritos horrorizados de 02 cessam. 01 se afasta, ajoelha-se quieta no canto oposto da jaula. O rosto se mancha de sangue e choro.

Impressionado, Ivan se aproxima do corpo ensanguentado de 02. Com alguma dificuldade, arrasta o cadáver escada acima. Leva a panela ao fogo e se volta para a negra morta. Rasga um pedaço da coxa e joga-o na panela, que crepita sobre a chama. Deixa a carne fritar por alguns minutos antes de se servir. Sorri satisfeito na

primeira mordida. O sabor é delicioso. Sabor de carne de verdade. Pensa que está sonhando.

No meio da refeição, é surpreendido com duas batidas na porta. Está acostumado à solidão e ao silêncio daqueles tempos. Toma o cuidado de esconder o corpo da negra atrás do sofá e deixa na mesa o prato com o bife inacabado. Caminha até a janela, abre as cortinas.

É Felika, a esposa de Anatole. Veste um casaco pesado, as mãos escondidas nos bolsos. Ela vê que ele a observa e acena. Tem o rosto corado, alegre e parece ter engordado nessas semanas de frio e de fome.

Ivan fica feliz. Sem dúvida, Anatole voltou bem-sucedido de sua jornada. Trouxe alimento. Comida para todos! Felika está ali para convidá-lo a jantar em sua casa depois de tanto tempo de miséria. É o fim daquele pesadelo, ele sabe. Por um segundo, sente-se enojado por ter comido carne humana. O que a fome o levou a fazer?

Sem perder tempo, Ivan busca a chave na gaveta e abre a porta de casa para Felika.

MAMMON

O PORQUINHO DE PORCELANA DA SRA. BRANKA

Dois meses antes do esperado, nasce a pequena Latasha. Pesa muito pouco, a cabeça ensanguentada tem o tamanho de uma maçã. A sra. Ania, sua mãe, não sobrevive ao parto, e a notícia de seu falecimento causa tristeza nos moradores do vilarejo. O pai da menina, Igor, também morreu recentemente, voluntário na guerra que eclodiu na capital. A adorável bebê de bochechas rosadas chega órfã ao mundo. É um dia triste.

A sra. Branka, mãe de Ania, avó de Latasha, recebe em estado de choque a notícia e se põe a rezar sofregamente, buscando explicações para a tragédia que se abateu sobre a família. Os moradores, por sua vez, repisam o boato que vem ganhando força nos últimos tempos: uma maldição recaiu sobre o vilarejo; vivem um período de trevas, pontuado por desgraças familiares, com atos de barbárie e violência. Muitos homens morrem na guerra. Tempos atrás, um forasteiro fugiu com o filho da sra. Helga. E, agora, Latasha nasce órfã, a mãe desfalecida tão logo a bebê abandonou seu ventre.

A sra. Branka abriga a neta com carinho. A menina de olhinhos claros é toda a família que lhe resta. Apesar da idade avançada, a sra. Branka passa a dedicar mais tempo ao cosimento das roupas que produz para as lojas da capital. Precisa ganhar dinheiro para alimentar a criança. Recebe ajuda de alguns vizinhos, mas o orgulho a impede de aceitar maiores doações. Certa manhã, chega a ser indelicada ao negar a oferta de Mikhail, o obeso carpinteiro.

— Não preciso que me deem o leite da minha neta! Se não puder pagá-lo eu mesma, a menina sobrevive sem ele! — disse antes de bater a porta na cara do homem.

Latasha cresce aprendendo com a avó os segredos da costura. Como moram apenas as duas na casa de poucos cômodos, logo cedo a menina tem que se dedicar aos afazeres domésticos: assume responsabilidades que vão desde lavar a louça até varrer o acúmulo de neve no quintal dos fundos. Já aos cinco anos de idade, por vezes fica sozinha em casa, pois a avó precisa viajar à cidade para entregar as mudas de roupa que costurou ou para visitar o contador que controla suas economias sem lhe cobrar nada.

Desde pequena, Latasha também aprende a valorizar o dinheiro. A sra. Branka faz questão de deixar claro o valor das coisas, de modo que a neta assimile a importância de reunir os próprios fundos.

— Há os que não dão importância ao dinheiro. Todos uns paspalhos — diz ela. — O que você veste é dinheiro. O que você come é dinheiro. Onde você dorme é dinheiro. Tudo, minha querida, tudo é dinheiro. Você precisa aprender isso! É o que diz meu contador: as pessoas são pobres porque querem!

Latasha não dá muita importância aos sermões da avó. Também já cansou das tantas vezes em que a velha cita frases de seu contador.

Certo outono, Latasha conhece finalmente o tal homem de que sua avó tanto fala. O contador aparece no vilarejo exatamente na data em que Latasha completa dez anos de idade. É um tipo acabado, com quase um século de idade, enfurnado em um terno amarrotado, segurando uma maleta puída.

— Ora, ora, mas que menina bonita! — diz ele quando Latasha abre a porta. — Suponho que você seja a netinha querida da sra. Branka! Sua avó fala muito de você! Diz que é muito inteligente e estudiosa. E que não é preguiçosa como as outras crianças!

Latasha se surpreende com a aparência do homem, e ele logo se apresenta:

— Sou o contador da sua avó. Ela está?

A sra. Branka se aproxima da porta com lentidão, apoiada na bengala de cedro. Sorri com a visita. E ordena que Latasha prepare chá de erva-doce.

— O chá é uma grande maravilha, querida Branka — enuncia o contador mais tarde, enquanto beberica o líquido fumegante. — Uma bebida deliciosa e quente para nos proteger do frio desta região. E ainda por cima barata. Folhas secas e água quente. É possível haver algo mais em conta?

A sra. Branka concorda e toma nota mental de cada conselho que o sábio homem lhe dá.

— A pequena não quer se sentar conosco e beber o chá? Suponho que quem prepara um tão delicioso como este tenha também vontade de prová-lo.

— Latasha não bebe chá. Diz que não gosta. Gosta de doces. E carnes assadas.

O velho contador ergue as sobrancelhas, surpreso, e estuda a menina que serve à avó uma nova xícara da bebida.

— Pois este é, naturalmente, um fator a ser levado em conta — murmura por fim, sorvendo um novo gole.

— Um fator?

— Sabe, sra. Branka, desde sua última visita ao meu escritório, tenho pensado muito no seu caso. Nas suas economias. Ando bastante preocupado, na verdade.

— Preocupado?

— Pense em um gráfico, sra. Branka — sugere o contador. Saca do bolso interno um pedaço de papel e um lápis para desenhar dois vetores perpendiculares. — Por meio de cálculos simples, lançando os pontos no nosso gráfico, podemos encontrar a reta que representa seus ganhos ao longo dos anos.

Desenha uma linha paralela ao eixo horizontal da figura.

— Perceba que se trata de uma constante. Uma reta constante — sentencia em tom lamurioso. — Vale dizer, seus ganhos não aumentam com o passar do tempo. A senhora atingiu o limite. Podemos dizer que a fonte secou.

— Eu vou ficar pobre? — pergunta a sra. Branka impaciente. As mãos tremem.

— Espere, espere. Há ainda outra reta a ser traçada. A reta que representa os gastos da senhora com a casa, com alimentos, com vestimentas e com a menina, claro — continua o contador. Faz um novo traço. — Perceba que esta reta, diferente da outra, é crescente, só aumenta com o tempo. Afinal, sua neta precisa de livros para estudar. Afinal, as roupas para crianças maiores são mais caras. Afinal, quando nos tornamos adultos, comemos mais e mais.

A sra. Branka move a cabeça, pesarosa.

— Repare, agora, que as duas retas se encontram em um ponto. Este ponto aqui — emenda o contador, rabiscando com vigor na figura. — Um ponto a partir do qual os gastos serão maiores do que os ganhos, um ponto a partir do qual a senhora entrará em franca decadência econômica, endividando-se em poucos meses.

Latasha vê uma lágrima escorrer pelo rosto enrugado da avó. Não entende muito bem as palavras do velho matemático, mas deduz que as notícias trazidas por ele naquelas setas e pontos não são das melhores.

— O que posso fazer? — pergunta a avó, engolindo o choro. — Já trabalho dia e noite. Latasha também me ajuda quando não está na escola. Não consigo ganhar mais do que já ganho.

O velho contador sorri bondosamente, como se trouxesse a solução no outro bolso do paletó encardido.

— Perceba, sra. Branka, que não é possível alterar esta reta, a dos ganhos. Pois sim, não nos resta muitas opções a não ser alterar a outra reta aqui... A dos gastos.

— Como?

— Cortando despesas! Privando-se de futilidades!

— Mas nós já levamos uma vida humilde. Ninguém no vilarejo tem muitas posses. E os produtos chegam extremamente caros aqui. A capital é distante.

— Mas sempre é possível fazer cortes, sra. Branka. Sempre! A lenha da fogueira, por exemplo, a senhora pode pedir à sua neta que corte ela mesma, pois é jovem e sadia, de modo que não precisará mais comprar. Gastar menos sabão também é importante. O mesmo para a despesa com livros. Livros, sra. Branka, são completamente inúteis! Em momentos de crise como este que a senhora enfrenta, é descabido que a menina continue a estudar. Ao contrário! Ela deveria ficar em casa, ajudando nas tarefas, produzindo mais para gerar aumento nos ganhos. Use os livros como lenha.

— Mas... — tenta argumentar a sra. Branka.

— E não acaba aí, claro... Percebo que as maiores despesas da casa são com comida. Veja as bochechas dessa linda menina. Fartas, rosadas, repletas de saúde e vigor. Sou capaz de apostar que sua neta pode comer bem menos do que come. Sopas, frutas, chás. São alimentos baratos, nada complicados. Não é possível comer carnes assadas e doces confeitados todos os dias. Muito caro.

— Eu entendo — diz, assustada.

— Pois sim, sra. Branka, preciso que a senhora economize. Economizar, ouviu? Deve ser essa a palavra-chave a partir de hoje. *Economizar*. Vá juntando migalhas, moedas de menor valor. De pouco em pouco, a senhora terá poupado muito dinheiro, tenho certeza. É o que faço lá em casa com minhas meninas. Uma estuda, a outra trabalha. Carnes, só no início do mês, em uma ou outra refeição. Massas também são baratas. Mas os molhos costumam ser caros, é melhor evitar.

Dedicada, a avó anota as dicas do homem.

— Para ajudar, trouxe um presente para a senhora — finaliza o contador. Retira da maleta um porquinho rosa de porcelana. No dorso do porco, tem uma abertura para inserir moedas. — Vá juntando todas as suas economias aqui, neste cofre. Deixe-o ali, em cima da lareira, e coloque moedinhas nele sempre que possível.

— Farei isso.

— Evite quebrar o porco. Mesmo nos momentos em que o dinheiro faltar, mantenha-o ali, sobre a lareira, sendo abastecido de níquel em níquel. Quebrá-lo significa romper a economia e se render aos gastos excessivos. E isso não é nada bom, sra. Branka.

— Não é, não.

— Só abra o porco se algum dia o desespero lhe bater à porta. Mas apenas o verdadeiro desespero, não aquele breve e passageiro que se vai ao anoitecer.

E assim o contador vai embora.

Após aquele dia, a vida de Latasha se transforma em um pesadelo, pontuado de economias vis e mesquinharias da avó, que decreta na semana seguinte que os estudos da neta devem ser interrompidos para o bem-estar econômico da família. Dedicada exclusivamente ao ofício da costura, Latasha consegue aumentar a renda da casa, sem, entretanto, receber qualquer retorno pelo seu trabalho: cada moeda recebida é imediatamente depositada no porco rosado de porcelana. O conforto está vetado.

— Não se pode prever o dia de amanhã, minha querida! — diz a avó, os dedos ossudos introduzindo o dinheiro no cofre e regozijando-se a cada tilintar dos metais que se acumulam ali dentro.

Latasha cresce. E emagrece. Aos doze, pesa menos do que aos dez. Os doces passam a ser raros e as carnes só são servidas em datas especiais. Latasha aprende a gostar de chá e tem que se contentar com macarrão sem tempero nas refeições. As roupas também passam a ser costuradas em tecidos de pior qualidade, esgarçando-se à primeira lavagem. O ódio pela avó cresce ao longo dos anos, ganha espaço nos desaforos mal-educados e nos pratos servidos em porções ínfimas.

Certa madrugada, Latasha vê a avó comer escondida: lambe os dedos com sofreguidão, violando os próprios princípios em benefício da fome recôndita. A garota não pode fazer o mesmo. A sra. Branka conta os biscoitos nos potes e tranca os armários de mantimentos todas as noites antes de ir dormir. Latasha sabe que receberá um castigo se confrontar a avó com o flagra da madrugada.

Da última vez, teve que beber água durante uma semana inteira, sem nada para comer.

A menina chora muitas noites. Está fadada às garras vigilantes da velha que coleciona moedas num porco maldito.

Em seu aniversário de dezesseis anos, Latasha se dá conta de que não pode mais suportar. Vê no espelho o contorno dos ossos sob a pele fina, o rosto revela uma caveira viva, violentada durante anos por uma avó obsessiva.

Toma coragem e pega o porco de porcelana sobre a lareira. A avó viajou para a capital e possivelmente só volta ao anoitecer. Durante horas, Latasha investiga o objeto, tenta retirar dali alguma moeda sem ter que quebrá-lo. Os dedos curtos passeiam pela brecha do cofre, buscam desesperadamente o encontro com o metal frio. A menina chacoalha o porco ao contrário, esperançosa de que um níquel caia ao chão. Sem perceber, exausta, adormece com o porquinho de porcelana no colo.

É acordada pelo grito ensurdecedor da sra. Branka paralisada à porta, os olhos fixos no lugar onde deveria estar o cofre. Latasha se levanta atordoada, já imagina explicações para dar à avó. Em um descuido, o objeto escorre pelos dedos trêmulos e se espatifa no piso frio. O porco se desfaz em pequenos cacos pelo tapete, e um grito ainda mais agudo ecoa pela sala da casa: nem uma moeda sequer cai do cofre de porcelana.

— Onde está meu dinheiro? — esperneia a avó. — Sua bandida, onde está meu dinheiro?

Latasha não sabe o que dizer. Não entende onde podem estar as moedas. Ela as tinha escutado momentos antes, não? Um rítmico chacoalhar que a convidava a furtá-las todas.

— Onde está meu dinheiro? — pergunta outra vez a avó. Avança na direção da neta, as mãos prontas para lhe dar um safanão.

Latasha empurra a avó para se defender. A sra. Branka tonteia, a voz ranzinza roga impropérios. Tenta um novo golpe para segurar a neta, mas é empurrada outra vez. O corpo recua dois passos e os pés falseiam em um caco maior, que outrora era o nariz do porco. A sra. Branka cambaleia, perde sustentação, a cabeça vai de encontro à quina da mesinha de centro. Tomada de desespero, Latasha acolhe a avó ensanguentada e pede ajuda aos vizinhos.

A sra. Branka só se recupera semanas depois, sob reiteradas indicações do médico de que não pode deixar de se alimentar nem pode tentar caminhar por aí, pois os movimentos com as pernas ficaram bastante limitados — consegue se sustentar de pé apenas por poucos minutos.

— Cuide da sua avó com cuidado. Não é mais como antes. Você agora é responsável por ela, menina — diz o médico a Latasha. — Cuide dela com o mesmo carinho com que ela cuidou de você.

Latasha aceita respeitosamente. Aumenta a carga de trabalho, busca ganhar mais e mais moedas. Só se interrompe para cuidar da avó. Dá banhos periódicos e faz questão de lhe servir as refeições na boca.

Quando, meses depois, a velha morre, todos ficam surpresos. O corpo é encaminhado ao hospital da capital, e dizem os rumores que a sra. Branka morreu intoxicada. Segundo o laudo médico, no estômago dela não havia alimento, mas um bloco de metal ferruginoso, como se a velha houvesse se alimentado de cobre e níquel nos últimos tempos.

Horrorizada, Latasha nega com veemência qualquer acusação. Diz que nunca seria capaz de tamanha atrocidade contra a pobre avó. Ao contrário: sempre deu de comer à velhinha aquilo de que ela mais gostava.

Satan

UM HOMEM DE MUITOS NOMES

Anatole aproxima as mãos do fogo. Uma corrente de ar gélido avança do leste, chacoalha as árvores e obriga as raposas a se refugiarem em esconderijos subterrâneos. Anatole já não sente os músculos; as pernas, antes firmes e torneadas, tremem dormentes como gravetos congelados.

Pela sua contagem, saiu de casa há sessenta e um dias, mas é possível que esteja errado. Não acredita ter suportado tanto tempo. Sabe que desmaiou em alguns momentos durante a jornada; a fome e a sede o convidam a se render. A sanidade foi perdida pelo caminho, enterrada sob a grossa camada de gelo que cresce a cada nevasca.

Encontra-se num estado letárgico. O corpo é sustentado por um fio de vida. Necessita do calor que emana da madeira crepitante. De olhos cerrados, sem sentir dor, Anatole deixa que o fogo toque seus dedos. O frio é substituído por uma comichão ardente, enquanto o cheiro ocre de carne queimada domina o ar.

Anatole sabe que vai morrer. Todos os sinais o fazem crer que a morte não tardará. Pensa nos três filhos, Rurik, Maisha e Agafia.

Devem estar famintos. Pensa em Felika, a esposa que deixou para trás sob a promessa de que logo voltaria com alimento. Tem vontade de chorar, mas nenhuma lágrima escorre pela face arroxeada. Ele fracassou. Sempre se julgou um bom pai de família, rígido, corajoso para vencer as intempéries do dia a dia no vilarejo. Foi derrotado pelo frio: está a quilômetros de casa e possivelmente Felika já desistiu de aguardar seu retorno. A esta hora, sua frágil esposa deve estar morta. Seus filhos também. Dói pensar.

Anatole se deixa levar pelas lembranças, embalado pelo fogo que carcome a pele sem oferecer uma dor física que supere a vergonha de si mesmo. Vê Felika sorridente e cheia de vida, os olhos cintilantes, o beijo saboroso a cada manhã, a felicidade subserviente com que passa suas roupas ou prepara um assado com ervas para o jantar. Vê Maisha e Agafia, suas pequenas donzelas, de coração puro e sonhos de princesa. Vê, então, Rurik, o caçula, dono de traços firmes, de homem viril, que ele também possuía quando criança. Mesmo pequeno, Rurik demonstra a bravura que se espera de um Suhanov. Não fosse a insistência da mãe de que ele ainda era muito novo, Anatole o levaria para a escola de militares.

Sabe que foi um pai rigoroso: por vezes, irritava-se com as brincadeiras infantis dos filhos e, com algumas bofetadas, moldava-os à tradição escorreita que passava de geração em geração. Reconhece que também cometeu seus exageros: a cicatriz no supercílio esquerdo de Agafia o lembrava com frequência da surra desmedida. Havia se arrependido.

Quando ele era criança, Alexander Suhanov, seu pai, ensinava-lhe as boas maneiras à mesa de jantar e, por isso, jamais admitiria que seus filhos mastigassem de boca aberta ou contassem anedotas durante a refeição. Ele não tinha...

Anatole é retirado dos pensamentos por uma mão que ergue seu pescoço e força o bocal de uma garrafa contra seus lábios secos.

— Beba, é vinho — diz a voz de homem. — Beba com cuidado para não engasgar.

Anatole abre os olhos, tenta assimilar as feições do bom samaritano.

— Suas mãos estão queimadas — continua a voz. — Poderiam estar piores, é claro. Trago gazes comigo. Podem aliviar a dor por algum tempo.

— Não sinto dor — responde Anatole, entre uma golada e outra. Deixa que o líquido escorra por sua garganta sem sentir o sabor do vinho.

— Tem fome?

— Tenho.

— Coma o pão — diz. Esfarela os nacos para que Anatole mastigue com facilidade. — Você está quase morrendo, meu filho.

Anatole não presta atenção. Faminto, engole as migalhas e ingere o vinho em goladas que empurram o alimento ao estômago. O homem molha o rosto de Anatole e massageia suas têmporas.

— Beba e coma sem pressa. Não se pode economizar quando uma vida humana está em jogo.

Anatole concorda, mastiga o pão. De olhos semicerrados, estuda o sujeito que salvou sua vida: é um senhor de idade, a coluna encurvada como o tronco de uma árvore centenária, os olhos vivazes.

— Obrigado, senhor. Eu seria um homem morto sem sua ajuda.

O velho abre um sorriso ao vê-lo com o discernimento recuperado.

— Sorte a sua eu tê-lo encontrado. Qual é mesmo seu nome?

— Anatole.

— Sim, meu caro Anatole. Foi uma grande sorte — reafirma. — O que faz por estas terras de cá? Perdeu-se pelo caminho?

— Moro em um vilarejo a quilômetros daqui. Todos estão morrendo. As saídas estão soterradas. O lago congelou. A comida não chega mais. O frio destruiu nosso comércio e nossas plantações. Não restou nada.

— Eu lamento.

— Tenho três filhos e uma esposa para cuidar. Não posso deixá-los morrer. Saí em busca de alimento. Sou bom caçador, mas não consegui nada. É uma desgraça.

— Há quantos dias está fora de casa?

— Mais de cinquenta, acho. Perdi a noção do tempo desde que entrei na floresta.

— Pretende seguir a pé até a cidade?

— Não sei o que fazer — lamenta Anatole. Termina de beber a garrafa de vinho. — Quero voltar para casa. Rever meus filhos. Beijar minha esposa, mesmo que seja pela última vez. Mas não adianta voltar sem alimento. Vamos todos morrer juntos.

— Tenha esperança!

— Não adianta esperança... Fomos esquecidos.

— Esquecidos por quem, meu filho?

— Pelo mundo. Por Deus — reflete Anatole.

— Ou talvez tenham sido lembrados pelo Diabo — retruca o velho. Solta uma gargalhada divertida.

— Não acredito em Deus, na verdade. Também não acredito no Diabo.

— Suponho que não precisem que as pessoas acreditem neles para existirem.

— O que quer dizer, senhor... O senhor não me disse o seu nome.

— Sou um homem velho, meu filho. Tenho muitos nomes. Já esqueci qual é o certo — diz, com um novo sorriso. — Mas admiro a coragem dos céticos.

— O senhor também é cético?

O idoso faz um gesto vago com as mãos.

— Trago na maleta algumas caças. Gostei de você, Anatole. E não me custa nada ajudá-lo. Fique com isto.

Anatole pega a maleta que o velho lhe oferece. Examina o interior com os olhos assustados.

— Aí dentro há alguns coelhos, ratos também, que capturei pelo caminho. Vou para a cidade e lá conseguirei mais comida. Pode ficar com essa guarnição.

Anatole encara o homem mais uma vez, sem acreditar na própria sorte. Está salvo! Com aqueles animais, consegue sustentar a família por quatro ou cinco dezenas de dias.

— Muito obrigado, senhor! Muito obrigado. Mas como... como o senhor conseguiu caçar tantos animais?

— Tenho fé, meu filho.

— Fé em Deus?

O velho sacode a cabeça e vai embora sem olhar para trás.

Anatole caminha por cinco dias inteiros. A esperança o motiva a seguir sem descanso: precisa chegar ao vilarejo, encontrar logo sua família. Mal pode conter a alegria ao avistar sua casa. É pequena, espremida entre os terrenos vizinhos. A neve colore o silêncio do lugar abandonado.

Anatole dá duas batidas leves na porta, corroído pelo temor de que ninguém venha atendê-lo. Alivia-se ao ver o rosto da esposa surgir atrás da cortina da janela. Sorri de felicidade, e Felika gargalha para ele. A porta é aberta depressa. Felika cai em seus braços em um beijo saboroso. Ele mostra os animais mortos que traz consigo na maleta. Ao pegar nas bochechas dela, percebe, surpreso, que Felika está mais forte, como se tivesse ganhado peso naqueles tempos de fome e frio.

— Você está ótima, querida!

— Tenho dado meu jeito.

— Parece até um tanto mais... gorda!

— Ora, não seja bobo, Anatole!

— Onde estão as crianças? — pergunta sem perder tempo.

— Na mesa. Jantando. Vamos comemorar!

Recebe outro beijo da esposa e se deixa guiar para dentro da casa.

Congela. Não consegue acreditar no que vê. Seus olhos tremulam em desespero e, por pouco, Anatole não desaba ao chão. Um líquido quente sobe por seu esôfago e Anatole vomita na poltrona que o apoia. Felika mantém o sorriso no rosto, como quem espera que ele faça qualquer comentário agradável.

Um cheiro de carne podre domina o ar, emana dos corpos esquartejados que se espalham pela saleta. O piso se tornou uma enorme poça de sangue coagulado, e, nas feições dos cadáveres em avançado estado de putrefação, Anatole reconhece diversos moradores do vilarejo: Krieger, Ivan, Latasha, Válnia...

O que aconteceu aqui?

A passos trôpegos, avança para a cozinha, os olhos lacrimosos se recusam a aceitar o cenário diante de si: os membros e órgãos de seus três filhos estão espalhados pela mesa de jantar como peças de carne selecionadas.

— O que você fez? — pergunta. A serenidade da esposa o desespera.

Felika se aproxima do espetáculo mórbido a passos serelepes. Faz um carinho na cabeça decepada da filha.

— Viram, crianças? O papai trouxe comida. Não vamos mais passar fome — comemora, enquanto petisca um polegar assado.

Anatole tonteia, sem forças.

— Ora, querido, venha dar um beijo nos seus filhos. Hoje é um dia especial... Vou preparar um banquete para o jantar!

— Um banquete?! — Anatole se esforça para falar. — Eles estão mortos, Felika! Mortos!

Felika observa a mesa com calma. Então, lança um olhar de indignação ao marido.

— Não diga coisas terríveis à mesa, meu amor.

— Você os matou, Felika! Matou nossas crianças!

A esposa escancara um sorriso débil, como se só agora começasse a entender o que incomoda Anatole.

— O frio, querido. O frio e a fome... Eu precisava fazer algo. Matei alguns animais, sim. Ou iríamos todos morrer. Precisava zelar pelos nossos filhos.

— Você está louca, Felika! Louca! — grita Anatole, as pernas trêmulas perdem sustento outra vez.

Observa os olhos esverdeados do pequeno Rurik, que boiam num caldo pastoso de vísceras cozidas, ainda fumegantes na panela de barro. Sua família, a tradicional família Suhanov, está arruinada. Não resta ninguém com seu sangue.

— Assassina maldita!

— Não grite comigo, meu amor. Vai assustar as crianças.

— O que houve com você? Por que está agindo assim?

— Não aconteceu nada, Anatole. Jamais seria capaz de esconder algo de você. Sou uma esposa dedicada. Tratei de cuidar da nossa família no tempo em que esteve fora. Gerenciei bem os alimentos. Estou tão feliz que tenha voltado!

Repleto de ódio, Anatole avança na direção de Felika e desfere um tapa em seu rosto. Felika cai ao chão, desnorteada. Tenta inutilmente se desvencilhar dos pontapés do marido furioso.

— Louca, assassina! — Ele geme. Afasta-se, enojado.

— Não faça isso, Anatole! Eu não fiz nada! A sra. Helga esteve aqui hoje. Alguém está matando os moradores do vilarejo. Mataram Astor também. O vilarejo está abandonado. Tive que dar meu jeito de alimentar nossas crianças!

— Você matou as crianças, Felika! Dizimou o vilarejo! Olhe para a mesa. Olhe, maldita! Você assou nossos filhos! Degolou seus próprios filhos! — diz ele, exasperado. — Eu trouxe comida! Trouxe coelhos e ratos! Você não precisava tê-los matado!

Felika chora, violentada pelos golpes do esposo.

— Querido, você deve estar confuso. Sempre foi muito irritadiço. Eu não fiz nada.

Anatole não suporta tanta frieza. Uma raiva interior o consome ao ver o sorriso frágil que traz pureza à face rechonchuda de Felika. Sem controle, Anatole se lança sobre a mulher, agarra seu pescoço com as mãos firmes.

— Anatole, você não... — Felika resfolega. — Eu precisava me alimentar. Um velho esteve aqui semanas atrás. Um forasteiro pedindo comida. — Anatole não alivia a pressão. — Ele disse que... o velho curvado disse que a região estava sendo dizimada. Todos com fome. Disse que era preciso se abastecer. Eu não fiz nada, Anatole. Eu só...

Os lábios tensos de Felika silenciam. Seus olhos perdem o brilho. Anatole solta um esgar melancólico, as lágrimas caem sobre o rosto ferido da esposa morta.

O que eu fiz?

Seus filhos estão mortos, desmembrados. Sua esposa morreu por suas mãos. A família Suhanov não existe mais. Anatole chora. Foi privado de tudo o que tinha na vida. Quer esquecer aquela dor. Antes tivesse morrido. Antes não tivesse encontrado o velho com comida...

Num arrepio, Anatole se lembra das últimas palavras da esposa:

— *Um velho esteve aqui semanas atrás. Um forasteiro pedindo comida. Ele disse que... o velho curvado disse que a região estava sendo dizimada. Todos com fome.*

Será possível que o velho curvado que visitou Felika seja o mesmo que lhe deu aqueles animais mortos? Ou a visita do velho era parte do delírio de Felika? Sem suportar ficar mais ali, Anatole sai de casa. Sorve o ar com sofreguidão. Bate nas casas vizinhas, mas ninguém vem atendê-lo.

— *Alguém está matando os moradores do vilarejo.*

Ainda não acredita que Felika foi capaz de tamanha atrocidade. Aquela gente era sua amiga, divertiam-se em longas madrugadas nos jantares fartos que Felika preparava com gosto.

— *A sra. Helga esteve aqui hoje.*

Anatole bate na porta de casa da velha cega. Parece-lhe impossível que ela ainda esteja viva. É frágil e indefesa. Não terá resistido tanto tempo ao frio e à fome.

— Entre, a porta está aberta!

Anatole se assusta com a voz masculina que vem do interior da casa: a sra. Helga mora sozinha há anos, desde que o coronel Dimitri morreu na guerra. Hesita alguns segundos antes de empurrar a porta. A voz se repete, firme:

— Vamos, Anatole, entre logo.

Confuso, ele avança alguns passos, os olhos nervosos perscrutam cada centímetro da saleta da casa. Encontra a sra. Helga na cadeira de balanço, o vestido escuro empapado do sangue que jorra da cabeça. Na mão direita, um revólver.

— O quê...

— Meu caro Anatole, estou feliz em vê-lo novamente. — O velho curvado surge de um canto escuro e estende a mão numa saudação cordial. — Fez bom uso da comida que lhe dei?

— O que está fazendo aqui? Quem é você? Como pode...?

O velho arqueia as sobrancelhas.

— Faça uma pergunta de cada vez, meu filho. Você parece fora de si.

— O vilarejo... estão todos mortos. Não restou ninguém! — lamenta Anatole. — Felika... ela disse... ela disse que recebeu a visita de um velho curvado. Era você?

— Onde está sua esposa, meu filho?

— Eu... — diz, e sente uma dor que nunca sentiu antes. — Eu matei! Eu matei! Ela degolou nossos filhos. Ela... ela matou todo o vilarejo. Uma grande desgraça. Eu perdi o controle.

— Você nunca teve o controle. Aí está seu erro. Seu e de todos os homens.

— O que quer dizer?

— Foi uma experiência interessante, Anatole. Começou há muitos anos, ainda na capital. Na época, eu já usava a aparência que tenho hoje. O velho curvado, como costumam chamar. Eu estava num bordel. Gosto de lugares assim, com a podridão humana estampada no rosto das pessoas. Havia um rapaz ao meu lado. Vi nos olhos dele. Era uma pessoa doente. O pecado em sua mais pura forma.

— Que rapaz?

— Um entre tantos. Chamava-se Mikhail.

— O leproso?

O velho sorri com a alcunha. Senta-se na poltrona ao lado da sra. Helga.

— O leproso — confirma. — Identifiquei em muitas pessoas deste vilarejo uma propensão ao pecado. Como um reflexo do mundo, este lugar reunia toda a sorte de pessoas mesquinhas e lamentáveis de que sempre me orgulhei.

— Quem é você?

— Perceba, Anatole, que nunca inseri o pecado ou o mal nas pessoas. O mal já estava lá. Eu apenas o potencializei.

— Como?

— Humanos vivem carregados de uma crueldade sufocada. Mikhail se encantou ao me ver no bordel, no assento ao lado, com uma menina em meu colo. Ele queria aquilo. Precisava dela.

— Não estou entendendo.

— Pouco tempo depois, vendi duas negras escravas para Ivan, o ferreiro. Vi nos olhos daquele homem de aparência viril a falsidade do seu empenho.

— Ivan sempre foi um exemplo de trabalho para esta comunidade!

— Isso é o que você pensa, meu filho. Ah, vocês e suas máscaras... Acabam enganando a si mesmos — diz o velho. — Demorei a voltar ao vilarejo depois de tudo. Soube que um negro caolho havia chegado aqui e tinha sido abrigado por uma senhora bondosa, desprovida de preconceitos. Resolvi averiguar de perto. Logo que saí à estação ferroviária, vi o pecado passear nos olhos de uma doce menina que brincava com outras duas num descampado. Pouco depois, tive a alegria de confirmar que a senhora bondosa não era tão desprovida de preconceitos. Mantinha um negro sob seu serviço, sem nenhum pagamento nem qualquer intenção de ajudá-lo na busca pelas filhas. Julgava-se superior a ele.

— A sra. Helga... O que você fez com ela?

— Ela se matou — diz. Estuda o corpo da mulher com desdém. — O pecado nos mata, meu caro Anatole. Não importa quanto tempo seja preciso. O pecado nos mata.

— Quem é você?

— Também fui contador da sra. Branka por muitos anos. Apareci na casa dela certo dia e ofereci meus serviços. De graça, por caridade mesmo. Disse que poderia ensiná-la a economizar. Aquela pobre mulher amava o dinheiro acima de tudo. Presenteei-a com um cofre sem fundo, que nunca enche.

— Minha esposa não cometeu nenhum pecado. Por que fez isso com ela?

— Felika tinha biscoitos e ratos escondidos, mas me negou alimento. Parecia faminta quando fui visitá-la. Fui obrigado a dizer-lhe a verdade: se não fizesse nada, ela e os filhos iriam morrer. É pena que tenha enlouquecido. Era uma boa mulher.

— Você é um monstro!

— Eu salvei sua vida, meu filho. Como pode dizer isso de mim? — O velho se levanta da cadeira, o indicador em riste. — Você batia em seus filhos em surtos inesperados, Anatole. Agora você matou sua esposa. A única mulher que amava. Você a esganou. Não tirou os dedos de sua garganta em nenhum momento enquanto ela se debatia por um fiapo de ar. O monstro é você; não eu.

— Eu errei! Eu me arrependi.

— Seu arrependimento não muda nada, meu filho.

O velho curvado desdenha dele. Anatole chora, sente seu corpo minguar.

— Eu amava minha esposa.

— Amava, claro, não nego. Mas você a matou — murmura o velho. Aproxima-se do corpo da sra. Helga. — Quando lhe dei aqueles animais mortos, você julgou que neles estava sua redenção. Enganou-se, meu filho. Só agora eu lhe entrego a verdadeira redenção. A redenção que concedi à sofrida sra. Helga pouco antes de você chegar ao vilarejo.

O velho retira a arma da mão da cega morta e, com um sorriso, estende-a para Anatole. Ainda confuso, ele pega o revólver.

— Faça o que deve ser feito, Anatole. Há uma única bala.

O velho dá as costas e caminha para a porta.

— Eu poderia atirar em você, desgraçado — diz Anatole, em frangalhos.

O velho se vira e o encara com um olhar despreocupado.

— Sou imortal, filho. Não tente uma besteira dessas.

O velho curvado abandona a casa e afasta-se a passos curtos. Ainda há muito a fazer. Ele já atinge a trilha da floresta rumo à capital quando um tiro distante corta o silêncio do vilarejo.

POSFÁCIO

Quando terminei a tradução e decidi publicar estes contos, voltei ao sebo Baratos da Ribeiro para pedir o contato de Ana, a bisneta de Elfrida Pimminstoffer. Maurício hesitou em me passar o número, mas acabou cedendo depois que lhe expliquei meus motivos.

Telefonei para Ana em março de 2015, pela manhã. Apresentei-me como escritor, informei que havia traduzido os textos de sua bisavó e que gostaria de publicá-los. Ana me tratou com certa impaciência, disse que eu poderia fazer o que quisesse com aquilo.

Apesar da resposta seca, eu quis saber mais sobre Elfrida. Perguntei como a bisavó falecera e Ana foi da agressividade ao desconforto: Elfrida estivera hospitalizada nos últimos treze anos, imóvel na cama, injetando morfina em doses cavalares para suportar a dor do câncer que devorava seus órgãos e a queimava por dentro. Tinha delírios fortíssimos, pesadelos. Sofrera muito antes de morrer.

Tentei saber a origem de Elfrida, mas Ana não tinha muito a dizer. A bisavó morava na região da Ciméria, no Leste Europeu. Quando resolveu vir para o Brasil, fugindo de uma guerra civil, assumiu um novo nome — Elfrida — e fez aqui sua família. Trabalhou até os sessenta anos como secretária em um escritório de advocacia, mas passava as madrugadas escrevendo. Sempre sonhou em ser escritora.

Antes de desligar, passei meu e-mail a Ana e pedi que me enviasse uma foto de Elfrida, recente ou antiga.

Ao lado, a foto que recebi.

1ª EDIÇÃO [2015] 18 reimpressões

ESTA OBRA FOI COMPOSTA PELA TRIO STUDIO EM QUADRAAT
E IMPRESSA EM OFSETE PELA GEOGRÁFICA SOBRE PAPEL PÓLEN BOLD
DA SUZANO S.A. PARA A EDITORA SCHWARCZ EM ABRIL DE 2025

A marca FSC® é a garantia de que a madeira utilizada na fabricação do papel deste livro provém de florestas que foram gerenciadas de maneira ambientalmente correta, socialmente justa e economicamente viável, além de outras fontes de origem controlada.